Esta edição possui o mesmo texto ficcional da edição anterior.

O senhor da água
© Rosana Bond, 2006

Gerência editorial Kandy Saraiva
Edição Laura Vecchioli

Gerência de produção editorial Ricardo de Gan Braga

ARTE
Narjara Lara (coord.), Nathalia Laia (assist.)
Projeto gráfico & redesenho do logo Marcelo Martinez | Laboratório Secreto
Capa montagem de Marcelo Martinez | Laboratório Secreto sobre ilustração de Gregório Moreira
Editoração eletrônica Narjara Lara

REVISÃO
Camila Saraiva

ICONOGRAFIA
Silvio Kligin (superv.), Cesar Wolf e Fernanda Crevin (tratamento de imagem)
Crédito da imagem Margaret Waterkemper (p. 170)

CIP-BRASIL. CATALOGAÇÃO NA PUBLICAÇÃO
SINDICATO NACIONAL DOS EDITORES DE LIVROS, RJ

B694s
2. ed.

Bond, Rosana
    O Senhor da Água / Rosana Bond. - 2. ed. - São Paulo : Ática, 2017.
    176 p. (Vaga-Lume)

    Apêndice
    ISBN 978-85-08-18466-8

    1. Ficção infantojuvenil brasileira. I. Título. II. Série.

17-40013   CDD: 028.5
                                  CDU: 087.5

CL 739852
CAE 619882

2024
2ª edição
10ª impressão
Impressão e acabamento: Vox Gráfica / OP: 248929

editora ática
Direitos desta edição cedidos à Editora Ática S.A., 2017
Avenida das Nações Unidas, 7221
Pinheiros – São Paulo – SP – CEP 05425-902
Tel.: 4003-3061 – atendimento@aticascipione.com.br
www.aticascipione.com.br

IMPORTANTE: Ao comprar um livro, você remunera e reconhece o trabalho do autor e o de muitos outros profissionais envolvidos na produção editorial e na comercialização das obras: editores, revisores, diagramadores, ilustradores, gráficos, divulgadores, distribuidores, livreiros, entre outros. Ajude-nos a combater a cópia ilegal! Ela gera desemprego, prejudica a difusão da cultura e encarece os livros que você compra.

O Senhor da Água

ROSANA BOND

Série Vaga-Lume

Sem água

FLORIANÓPOLIS É UMA BELA ILHA COM PRAIAS PARADISÍACAS. Embora a capital de Santa Catarina seja rodeada pelo mar por todos os lados, seus habitantes sofrem com as constantes interrupções de fornecimento de água, principalmente no verão, com a chegada de milhares de turistas.

É nessa região que vem se instalar um perverso cientista estrangeiro, que pretende levar a cabo um plano catastrófico: apropriar-se de nossos reservatórios e poluir todos os rios, para assim fazer fortuna, vendendo o cobiçado líquido a preço de ouro.

Como se não bastasse, pretende também encontrar e destruir a "pedra dessalinizadora" que, de acordo com uma lenda indígena, se localiza na região e tem o poder de tornar potável toda a água dos oceanos. Assim, definitivamente, ele seria o Senhor da Água, o dono de toda a água do planeta.

Os jovens Senghor, Joana e Pacha descobrem o plano e tentam impedi-lo. Mas como vão conseguir se o cientista já está de olho neles e só espera uma oportunidade para pôr as mãos nos pequenos intrusos?

Acompanhe as aventuras de nossos jovens heróis e torça muito por eles. Afinal, qualquer erro pode ser fatal, e corremos o risco de ficar sem água para sempre!

capítulo 1.
Ameaça de morte **11**

capítulo 2.
Vai arriscar, comadre? **15**

capítulo 3.
Uma bandida **19**

capítulo 4.
A armadilha **24**

capítulo 5.
Um esconderijo **28**

capítulo 6.
Fazendo suspense **32**

capítulo 7.
Não é esquisito? **36**

capítulo 8.
Fora daqui! **40**

capítulo 9.
A sombra curiosa **43**

capítulo 10.
É mentira! **47**

capítulo 11.
A "festa da seca" **50**

capítulo 12.
Um dos maiores do mundo **53**

capítulo 13.
Fujam! **56**

capítulo 14.
Tremenda enrascada **60**

capítulo 15.
Tesouro enterrado? **64**

capítulo 16.
Abafando um grito **68**

capítulo 17.
O homem da metralhadora **72**

capítulo 18.
Um famoso cientista **76**

capítulo 19.
Um relógio solar? **80**

capítulo 20.
Ossadas na cova do leão **84**

capítulo 21.
Um lugar fantasma **88**

capítulo 22.
Como num filme **91**

capítulo 23.
O código secreto **94**

capítulo 24.
Uma palavra no dicionário... **97**

capítulo 25.
Que dia é hoje? **101**

capítulo 26.
Então é aqui! **104**

capítulo 27.
Os curumins buscam a verdade **108**

capítulo 28.
Escapando pela noite **112**

capítulo 29.
Ratos na ratoeira **116**

capítulo 30.
Não me interrompa! **120**

capítulo 31.
Sangue ruim **124**

capítulo 32.
Um botão é apertado... **128**

capítulo 33.
O dia D **132**

capítulo 34.
Apenas cinco minutinhos **136**

capítulo 35.
E ele sumiu... **140**

capítulo 36.
"Operação Dedo" **143**

capítulo 37.
A profecia dos índios **147**

capítulo 38.
O espírito falou... **151**

capítulo 39.
Ninguém sai daqui! **155**

capítulo 40.
Tudo errado **159**

capítulo 41.
O cerco **163**

capítulo 42.
A pedra mais poderosa **167**

Saiba mais sobre Rosana Bond **170**

1. Ameaça de morte

— O BAIRRO TÁ SEM ÁGUA DE NOVO! Fala pros teus pais economizarem! — disse a Pacha o rapaz da guarita de segurança do prédio, ao mesmo tempo que entregava à garota um aviso do síndico.

Ela não estranhou. Florianópolis sempre sofrera com a falta de água. Mas de alguns anos para cá estava muito pior.

Diziam que a causa era a chegada em massa de novos moradores. Milhares de pessoas estavam se mudando para a capital catarinense, em busca daquilo que era divulgado pela propaganda: "Um paraíso de vida calma e lindas praias".

A garota suspirou. Sabia o que a esperava: banho de caneca, roupa suja amontoada, o pai reclamando do preço da água mineral e a mãe, da sujeira dos corredores não lavados do edifício.

Abriu a mochila para guardar o comunicado do síndico e viu seu boletim cuidadosamente colocado entre os cadernos. No mesmo instante se esqueceu das torneiras secas. "Sexta série*! Aí vou eu!" Pela milésima vez naquela manhã, vibrando, ela conferiu as boas notas.

"Para falar a verdade, tive sorte de passar direto em Português...", admitiu, repondo o boletim na mochila.

Pacha era uma excelente aluna, mas pelo fato de seus pais serem peruanos vivia tendo que se cuidar para não tropeçar na língua.

Ainda que fosse brasileira, nascida ali mesmo em Florianópolis, sempre achara complicado não misturar o português com o espanhol. Eram muito parecidos. Quando ficava nervosa ou se sentia insegura, então, era fatal... lá vinha o intrometido castelhano.

Fora isso, para dificultar ainda mais, seus pais falavam também o quéchua, idioma dos antigos incas. Essa língua era oficial no Peru, como o espanhol. O seu próprio nome, Pacha, era quéchua e significava "Terra".

O aspecto da jovem também não negava a origem índia. Olhos puxados, pele acobreada, cabelos negros e lisos — os quais ela sempre ajeitava em duas tranças compridas.

Pacha já subira o primeiro degrau da escada, que levava à recepção, quando viu a pequena Joana atravessar correndo o amplo gramado do prédio. A menina, filha da empregada da família de Pacha, pulou velozmente os canteiros de flores e meteu-se dentro de uns arbustos.

....

* Atual sétimo ano do Ensino Fundamental II. (N.E.)

"*Taita**", que que tá acontecendo?", perguntou-se Pacha, intrigada. Parou na escada e ficou olhando. Após um instante de dúvida — era hora do almoço e seus pais detestavam atrasos —, a curiosidade venceu. Decidiu seguir a outra.

A garota sabia que no ponto onde Joana sumira, escondido pelos arbustos, havia um portãozinho. Ele dava para uma pequena praça malcuidada, com armações de brinquedos infantis quebrados e coberta por uma areia suja.

Balançando as tranças, disparou até o portão. Já ia atravessá-lo, quando viu Joana falando com um desconhecido. Rapidamente abaixou-se atrás dos arbustos.

Por uma fresta entre os galhos, Pacha conseguiu ver a menina. E ela estava pálida, mais branca que a blusa branca do uniforme da escola, que usava naquele momento.

O desconhecido era um adolescente, de cara enfarruscada, que segurava um celular, vestia uma touca e... "*Taita!*", assustou-se Pacha. "*Una arma...* Ele tá armado!" Por baixo da camiseta dava para ver uma pistola enfiada no cós da calça do rapaz.

— Eu... eu não tinha pedido pra vocês não ligarem aqui pro apartamento da patroa da minha mãe? — Pacha ouviu Joana dizer, num fio de voz.

— Ligo pro céu! Ligo pro inferno! Ligo pra onde eu quiser, sua merdinha! — gritou o rapaz, sacudindo o celular no rosto da menina. — E aí? Quando é que tu vai começar a entregar o bagulho no teu colégio?

....

* *Taita* é uma palavra quéchua que significa "Pai", "Deus".

O Senhor da Água

Ao ouvir aquilo Pacha estremeceu.

— Não... não posso... — balbuciou Joana, baixando os olhos claros, e com a mão tremendo tirou a franjinha loira que grudara na testa por causa do suor.

— Ah, pode. Pode, sim... — o rapaz riu com ironia e levantou a barra da camiseta, mostrando a pistola.

O medo fazia Joana se encolher. Era miúda e magricela, não aparentava os dez anos que tinha, mas agora parecia menor ainda.

— Não dá... sujou... fui expulsa da escola...

— Treta!

— Pô, juro! Fui expulsa hoje. De amanhã em diante não posso mais entrar lá e...

— Cala a boca! — o rapaz agarrou a menina pela gola. — Se tu não distribuir a encomenda, o chefe vai mandar invadir teu barraco na favela. Dança tu e tua mãe junto, tá ligada? Hein, tá ligada?

— Ma... mas... — gaguejou Joana. Ela mal conseguia falar, sufocada pelo pavor e pela pressão da blusa apertada em sua garganta.

— "Mas" nada! Pensa que o chefe não sacou que tu tá enrolando? Faz uma cara de tempo que tu tá marcada, otária! Ou faz ou morre! Última chance!

O rapaz jogou a menina no chão de areia.

— Merdinha...

Guardou o celular no bolso, arrumou a touca e saiu. Saiu devagar, assobiando, como se nada tivesse acontecido.

2. Vai arriscar, comadre?

— VENHA, VAMOS PRA CASA...

Pacha cruzara o portãozinho e agora estendia a mão para ajudar Joana a levantar-se. Mas a menina fechou a cara.

— Tá limpo — disse, desprezando a mão estendida.

Sacudiu a areia do uniforme e deu as costas à outra, correndo para o prédio. Pacha disparou atrás. Joana tentou fechar a porta do elevador para a jovem não passar, mas esta a travou com o pé e entrou.

— Esse cara é traficante, não é? — Pacha encarou Joana.

A pequena não respondeu. Apenas apertou o botão do terceiro andar, irritada.

— Te liga no que eu vou te dizer, sua vacilona — falou finalmente, empurrando, brusca, a porta do elevador. — Se você abrir a boca, te entrego pra eles!

— *No, no...*

— *No* nada. Te entrego pros traficantes. Eles te apagam aqui na rua, no teu colégio, onde for. Tá ligada?

O Senhor da Água

— Você não teria coragem...

A pequena tocou a campainha do apartamento e sorriu, desafiante:

— Vai arriscar, comadre?

Pacha assustou-se. À sua frente estava uma Joana que ela não conhecia. Não era a linguagem que estranhava, isso não, que a pequena sempre falara daquele jeito. Tanto que seus pais, quando a mãe de Joana começou a trabalhar ali, até torciam o nariz ao ouvi-la.

Mas depois tinham entendido que a menina, embora passasse parte do tempo com a família no prédio, convivia mesmo era no mundo da favela, onde morava e estudava. E onde as pessoas, a maioria gente honesta e trabalhadora, tinham seu modo próprio de falar.

Um dia seu pai chegara a comentar o caso com uma colega, professora da Universidade como ele. E ficara sabendo que algumas escolas de favelas, em vez de brigarem inutilmente contra a linguagem dos alunos, estavam incentivando composições de samba ou *rap* em que as letras eram feitas dos dois jeitos: com gíria e sem gíria. Assim, conseguiam ensinar o português comum, mas sem desrespeitar o modo de se expressar das crianças.

Não, não era o *idioma* da menina que apavorava Pacha. Era a agressividade...

Nisso, Edite — a mãe de Joana, empregada da casa — atendeu a porta.

— Até que enfim chegaram! — alegrou-se, limpando as mãos no avental. Em seguida fixou o olhar na filha.

— E aí, dona Joana, onde é que a senhora foi? Não me faça mais isso! Vem da escola, joga a mochila na cozinha e sai correndo sem me avisar onde que tá indo...

Edite era uma mulher enérgica. Carinhosa e atenciosa com a filha, mas brava como ela só.

As duas meninas entraram na sala. O casal estava quase terminando de almoçar. Pela cara deles, Pacha viu que iria levar um raspe.

— Hoje sem *televisión* para você! — decretou o pai, irritado, apontando as cadeiras vazias para elas sentarem.

— Mas *yo*... mas eu...

— Já não falei que quero você aqui ao meio-dia em ponto? Já é quase uma hora e eu vou chegar atrasado na faculdade por tua culpa.

— Onde é que você estava? — indagou a mãe.

— Eu... eu... — sem saber o que fazer, Pacha levantou-se e, toda atrapalhada, pegou o aviso do síndico na mochila e o entregou à mãe. Enquanto esta lia e resmungava contra a falta de água — ao mesmo tempo que ia à cozinha avisar Edite para economizar —, o pai mostrou que não se deixara enganar:

— Vamos, responda. Onde é que você estava?

Ao ouvir a cobrança, Pacha sentiu-se perdida. E, assim perdida, optou pelo silêncio. Mirou a mãe que voltara à sala, mirou também Joana, baixou a cabeça e deu uma garfada no prato.

— Uma semana sem *televisión*! *Jayrata*... castigo! — decretou o pai, perdendo a paciência.

"Ah, se ele soubesse...", pensou ela. Estava pouco ligando para a televisão. Seu problema era outro. Observou Joana novamente, sentada no outro lado da mesa.

Inesperadamente, porém, a menina a encarou. Deu um sorriso debochado e disse:

— Vai, Pacha, conta. Conta pro teu pai onde é que você tava...

"O quê?!", a jovem interrogou-se, aturdida. E, no mesmo instante, teve a impressão de que um sinal vermelho piscou dentro dela. Perigo! Alerta!

3. Uma bandida

AO SENTIR O SINAL DE ALERTA, Pacha tinha percebido: o futuro de Joana estava em suas mãos.

"Ela está ficando igualzinha àquele rapaz da praça. Se eu não falar agora, vai acabar virando uma bandida..."

De repente, sem saber como, perdeu o medo.

Olhou para a menina, que ainda sorria desafiante, e levantou a voz, para ser ouvida na área de serviço, onde a empregada já fazia uma reserva de água no tanque:

— Edite, dava pra você vir aqui um pouquinho?

A mulher logo parou ao lado da mesa.

— Eu preciso contar uma coisa da Joana... — disse Pacha, franzindo a testa.

A empregada olhou para a filha e, suspeitando que boa notícia não era, colocou as duas mãos na cintura, naquela posição de açucareiro que sempre antecedia as broncas.

Edite era loira e franzina como a filha. Mas a impressão de fraqueza era totalmente falsa.

Casada com um agricultor pobre, do interior — descendente de imigrantes italianos, como ela —, lutara como uma leoa junto ao marido, quando este decidira entrar num movimento de camponeses. Mas um dia, após um ataque da polícia, decidira mudar-se para Florianópolis com Joana. Ficara com medo de continuar expondo a menina à violência dos policiais nos acampamentos.

Acabara indo parar na favela, num morro próximo à Universidade. E há mais de um ano começara a trabalhar como doméstica na casa de Pacha. Era uma família pequena — apenas o casal, Pacha e agora sua irmãzinha bebê — que não dava trabalho. E também havia a vantagem de não gastar com ônibus: o prédio ficava ao pé do morro.

Edite morria de saudade do marido, mas fazer o quê? Sonhava com o dia em que ele e os outros conquistariam seu pedaço de roça para poderem viver com dignidade.

Ao ver o jeito da mãe e com a atenção dos outros voltada para ela, a expressão de Joana mudou na hora! Boquiaberta, parecia não estar acreditando no que Pacha estava prestes a fazer.

Com uma segurança que surpreendeu a si mesma, a garota passou a narrar toda a cena a que havia assistido na praça. Conforme falava, os três adultos não moviam um músculo, estarrecidos. E a pequena Joana se encolhia.

Num certo momento, o pai de Pacha pegou o telefone e, sem perder uma palavra da filha, sussurrou a alguém:

— Avise, por favor, que não posso dar aula hoje. Eu sei... eu sei... mas é uma emergência. *Buenas tardes*!

Quando a garota terminou de falar, a sala ficou muda. Uma mudez que durou até se ouvir um soluço angustiado de Joana.

Ainda soluçando, a menina levantou-se de supetão, abraçou Edite e caiu num choro de dar pena.

— Eles queriam que eu vendesse droga lá no "Centrão"... — disse, tentando secar as lágrimas com os dedos.

O "Centrão" a que Joana se referia era o Centro Municipal de Educação e Artes, existente ao lado da favela. Ali dentro, além da escola para os alunos do morro, funcionavam também cursos de música, literatura, dança, teatro e outros — que eram frequentados também por crianças e jovens de famílias mais ricas.

Um dia, contou Joana, os traficantes começaram a achar que aqueles "filhinhos de papai", como eles diziam, seriam uma excelente clientela. E passaram a forçar os alunos favelados a vender tóxicos no local. Da sua classe, só Joana não aceitou. Vivia driblando os bandidos, inventando mil desculpas, e ao mesmo tempo conversava com os colegas, tentando convencê-los a não trabalhar para o tráfico. Resultado: o chefe, que não admitia "traição", ficara furioso e a marcara para morrer.

Disse a pequena que, ao ver que estava perdida, no desespero tentou uma última saída: ser expulsa do colégio. Em sua ingenuidade, achou que, estando fora do "Centrão", os traficantes não a atormentariam mais.

— Pô, comecei a aprontar um monte na escola...

— Mas... mas como eu nunca soube? — sussurrou Edite.

— Porque eu menti pra diretora, tá ligada? — confessou a menina, baixando a cabeça. — Falei que a senhora não tinha mais telefone...

Edite lamentou ter deixado na escola apenas o número de seu celular, que há muito estava mudo, por falta de dinheiro para comprar o cartão de recarga.

— Daí ela mandou uns trocentos bilhetes — prosseguiu Joana. — Rasguei tudo...

Edite balançava a cabeça, sem querer acreditar no que ouvia.

— Pô, pisei tanto na bola, mãe... que hoje o bicho pegou. A diretora me expulsou mesmo, tá ligada? Só que não adiantou nada porque os caras vão matar nós duas... — a pequena voltou a chorar.

— Ninguém vai matar ninguém, não senhora! Eu jamais permitirei!

Ao ouvir aquilo, todos se voltaram para o garoto negro, sorridente, que entrara na sala. Ele segurava uma vassoura em riste, como um herói empunhando uma lança, certo de que iria encontrar Joana e Pacha debochando de alguma novela da tevê, como as duas às vezes faziam.

— Senghor! — exclamou Pacha. — Como é que você entrou?

— Pela cozinha, ora — disse ele, sacudindo os ombros. — A porta tava aberta...

No mesmo instante, o jovem examinou os rostos preocupados das pessoas, viu Joana secando as lágrimas e concluiu que algo não estava bem.

— Pombs, desculpem... — falou e virou o corpo, já na intenção de ir embora.

— Não vá! — pediu o pai de Pacha. — Você é o melhor amigo das meninas, é bom que saiba o que está acontecendo...

4. A armadilha

SENGHOR, QUE TINHA O NOME DE UM GRANDE POETA DO SENEGAL, morava no mesmo prédio.

Tinha doze anos e uma história parecida com a de Pacha. Filho brasileiro de uma antropóloga senegalesa, mudara para lá quando a Universidade resolveu construir um alojamento para os seus professores estrangeiros.

Foi assim, ao morar naquele edifício apelidado de "ONU", que o jovem ficara amigo das duas meninas.

O pai de Pacha, repetindo que era importante que o garoto ficasse informado, contou-lhe tudo o que acontecera.

— Enfim... *ilakiy*... uma tristeza! — concluiu, nervoso, ao terminar.

Em seguida, torcendo as mãos, começou a dizer que estavam numa enrascada, que precisavam salvar Joana e Edite e que...

O garoto não esperou que ele terminasse. Olhou para os rostos angustiados e anunciou:

— Já sei o que fazer!

Todos os olhares convergiram para ele.

— Sei o que fazer. Quem quer comer o pão do califa deve cortá-lo com a espada!

Pacha e Joana trocaram uma piscadinha, cúmplices. Já estavam acostumadas com o jeito do amigo.

Embora fosse alto, atlético, praticasse corrida e vivesse assistindo a partidas de futebol na tevê, ele não era exclusivamente um admirador de esportes. Tinha uma outra interessante "marca registrada": gostava da cultura árabe e vivia citando provérbios orientais.

Esse comportamento tinha uma explicação. O pai de Senghor — que fora obrigado a mudar-se temporariamente para Dacar a fim de encaminhar a carreira futebolística do outro filho, jogador da seleção juvenil do Senegal — era muçulmano. Como, aliás, noventa por cento dos senegaleses. E Senghor adorava o pai.

— O que exatamente você quer dizer com isso, rapaz? — indagou o pai de Pacha, levemente irritado.

— Quero dizer que quem precisa fazer uma coisa difícil tem que ser valente.

— Tudo bem, Senghor, todo mundo já entendeu a frase — afirmou Pacha, divertida. Mas, prosseguiu ela, o que ninguém tinha compreendido era qual a relação do problema deles com califas, pães e espadas.

O jovem explicou, então, que o que estava tentando dizer era que os traficantes precisavam ser presos. E que para isso era preciso fazer uma coisa arriscada, ou seja, preparar uma armadilha.

— Já sei! — entusiasmou-se Pacha, sem dar tempo para ninguém reagir. — Eu finjo que quero levar o tal bagulho na minha escola. Chamo os caras pra um encontro e daí, quando eles chegarem, a polícia... crau!

— Nada disso — contestou o garoto, rapidamente, ignorando os adultos, que estampavam claramente no rosto que não estavam gostando nada nada daquela conversa. — Pombs, os bandidos não te conhecem, não vão cair nessa. E depois, se alguma coisa der errado, você vai ficar marcada...

— É? E pra que que existe disfarce? Eu guardei aquela peruca loira e...

Joana e Senghor não conseguiram se segurar. Apesar do clima tenso, e da visível irritação de Edite e dos pais de Pacha, prestes a explodir, os dois jovens caíram na gargalhada. Lembraram da amiga, com sua cara de indiazinha — numa peça de teatro montada, tempos atrás, pelos moradores da "ONU" —, se esforçando para fazer o papel de uma alemã colonizadora de Santa Catarina.

— Pô, aquela coisa ridícula? Esqueça — disse Joana, ainda rindo. Em seguida, parecendo não perceber que a mãe de Pacha queria falar, completou: — Tá limpo, eu marco o encontro.

— Legal! — aprovou Senghor. — Enquanto a Joana serve de isca, eu chamo a polícia. Daí a Pacha...

— Parem! — gritou finalmente a mãe da garota.

— Vocês estão *locos*? — emendou o marido, também muito bravo. — Ninguém vai fazer nada disso. Mexer com a polícia, com o tráfico de drogas... Estão pensando que isso é brincadeira?

— Uma brincadeira, Joana! — reforçou Edite.

A sala ficou quieta. Todos se miraram como se perguntassem uns aos outros: e agora?

Instantes após, no entanto, alguém se mexeu. Era Senghor novamente. Levantou o dedo, como se fosse um aluno aplicado, e perguntou:

— Posso falar?

5. Um esconderijo

O PAI DE PACHA ENCAROU SENGHOR e fez um sinal afirmativo com a cabeça.

— Desta vez sem provérbios, por favor — disse, sisudo.

O garoto informou, então, que sua mãe tinha alugado uma casa numa praia de Florianópolis, para passar o verão.

— A mãe falou que ia precisar de uma empregada lá. Eu posso pedir pra ela contratar a Edite e...

— *Muy buena* ideia! — aprovou o pai de Pacha, animado. — Se der certo, para você está bem, Edite?

A mulher assentiu, balançando a cabeça. Mas em seguida olhou para a patroa.

— *Ari...* sim, claro que sim — concordou a mãe de Pacha, entendendo o olhar. — Não se preocupe com a gente, Edite. Daremos um jeito de arrumar uma outra moça. Provisoriamente, é claro, pois logo tudo se resolverá... — sorriu, tentando ser otimista.

— Quando é que você e sua mãe se mudam para a praia? — indagou Pacha ao amigo.

— A gente tem ido todo fim de semana. Definitivo mesmo, só quando acabarem as aulas, daqui a um mês. Mas, se a mãe deixar, a Edite e a Joana poderiam ir já, agora.

Pacha e Joana bateram as mãos nas palmas de Senghor.

— Valeu!

Mas, naquele mesmo dia, o garoto viu que a comemoração fora cedo demais. Marie, sua mãe, voltara exausta da Universidade, no início da noite, e logo recebera o aviso do síndico sobre a falta de água. E estava tendo um ataque de indignação quando o filho tocou no assunto de Joana e Edite. Péssima hora!

— De jeito nenhum — esbravejou Marie, enquanto arrancava os enormes brincos africanos, de cor clara, que contrastavam com sua pele negra. E começava a recolher, em dois baldes, na pia da cozinha, a última água — já amarelada — vinda das caixas do prédio.

— Estou nesta calamidade toda e você vem me falar de traficantes e pessoas perseguidas? — exasperou-se, apontando o piso sujo, o fogão melecado, a pilha de louças do café da manhã e do almoço por lavar e o cesto de roupa entupido, encostado na porta da área de serviço.

— Mas, mãe...

Marie não ouviu o filho.

— Droga! Amanhã vem a diarista — prosseguiu, irritada. — Mas ela não vai poder fazer absolutamente nada porque estamos sem uma gota de...

Naquele exato momento o interfone tocou.

Nervosa, Marie atendeu quase gritando:

O Senhor da Água 29

— Alô!

Inesperadamente, o garoto viu a expressão da mãe acalmar-se. Ela desligou o aparelho, jogou-se na primeira cadeira que encontrou e deu um suspiro profundo:

— Ainda bem...

Depois sorriu para Senghor, como quem pede compreensão.

— Era o síndico. Disse que a companhia garantiu que está resolvendo o problema e que amanhã já teremos água. Desculpe, filho, entrei em parafuso...

Puxou outra cadeira para perto de si e, dando um tapinha sobre o assento, convidou o jovem a sentar-se.

— Venha, me conte de novo a história toda, *mon petit* — disse, enquanto passava a mão sobre os próprios cabelos, curtíssimos, cortados rentes à cabeça, para tirar umas gotas de água que tinham espirrado dos baldes.

Senghor sorriu. Já tinha desistido de pedir à mãe que não o chamasse mais de "meu pequeno". Mas aquele *mon petit* era a única coisa que, às vezes, ela ainda deixava escapar em francês, a língua oficial do Senegal. O garoto admirava a facilidade com que Marie aprendera o português do Brasil, só conservando um leve sotaque.

* * *

Na manhã seguinte, enquanto Senghor e Pacha partiam juntos para o colégio, a primeira coisa que Marie fez foi dirigir-se ao apartamento da amiga do filho.

Tão logo entrou, o casal pediu que Joana — que havia dormido ali, assim como a mãe — ficasse um pouco no quarto de Pacha, deixando-os a sós.

A seguir os peruanos, a professora senegalesa e Edite conversaram longamente. Viram que a ida de mãe e filha para a praia era mesmo uma boa ideia. Pois os riscos, embora existissem, não eram tão grandes assim.

— Acho que os traficantes só se vingarão caso as duas estejam próximas, à vista deles — opinou Marie.

Edite balançou a cabeça, concordando.

— Também acho que eles não se dariam ao trabalho de "caçá-las" por Florianópolis toda. A ilha é muito grande — reforçou a mãe de Pacha.

— Concordo. Além disso, como a Joana contou, há uma *montaña* de outras crianças que, infelizmente, esses bandidos já arrumaram para passar as drogas — disse o pai de Pacha. — Na verdade, não precisam da menina. Acho que o assassinato da Joana e da Edite seria mais para servir de exemplo, para mostrar que não aceitam a mínima desobediência...

Depois daquele encontro, tudo aconteceu rapidamente.

Marie aceitou empregar Edite. Arrumaram-se roupas para elas — já que não poderiam retornar à favela para buscar suas coisas — e, em poucas horas, a professora senegalesa e o filho já as deixavam confortavelmente instaladas na casa da praia — agora transformada também em esconderijo.

O Senhor da Água

6. Fazendo suspense

A CASA QUE MARIE ALUGARA era grande e arejada.

Ficava à beira-mar, em frente a uma espaçosa faixa de areia branca e fina como talco. Estava localizada no leste da ilha de Florianópolis, próxima a um vilarejo sossegado.

Como a estrada não tinha asfalto, o lugar ainda não fora descoberto pelos turistas e pela especulação imobiliária. Naquele lado onde ficava a casa, havia pouquíssimas construções. A praia até dava a impressão de ser particular, pois raras vezes se viam banhistas por ali, mesmo no auge do verão.

E o melhor: estava a mais de 25 quilômetros da "ONU". E também da favela e seu perigo mortal.

Tão logo entraram, Marie e Senghor começaram a apresentar as dependências para as duas novas moradoras. Num dado momento, Marie levou Joana para ver o mar, e Senghor aproveitou para mostrar a Edite uma foto do pai, mandada há pouco do Senegal, e que ele fizera questão de colocar num porta-retratos, no quarto que ocupava na casa.

— Que lugar é esse? — indagou a empregada, apontando a fotografia.

— É a entrada de uma mesquita. O pai é muçulmano.

— Ah, uma vez eu vi numa novela que as mulheres dessa religião usam um lenço na cabeça. Mas a tua mãe não...

— É que a mãe não é — explicou Senghor, interrompendo-a. — Ela foi criada na França por uma família católica. Só voltou pro Senegal quando tinha uns vinte anos e...

O jovem acabou não concluindo a frase porque Marie reapareceu, apressada, dizendo ao filho que estava na hora de voltarem.

Os dias seguintes passaram velozes e com um certo temor. Mas sem qualquer problema. Tanto na praia, onde Edite e a filha — ao não verem nada de suspeito — relaxaram e começaram a se adaptar à nova rotina, quanto no prédio, onde Marie indicou sua diarista à mãe de Pacha. Não era o ideal; ela preferiria uma pessoa fixa, mas por enquanto dava para ir quebrando o galho.

Nem viram chegar o sábado.

Era bem cedo, quando alguém tocou a campainha do apartamento de Pacha.

Ela atendeu a porta, bocejando.

Era Senghor.

Estava de bermuda, chinelo e uma grossa camada de protetor solar, branco, sobre o nariz e as bochechas.

— *Taita*! Tá indo pra uma festa zulu? — brincou a garota, ao mesmo tempo que fazia um gesto para que o amigo passasse.

O Senhor da Água

— Engraçadinha... — disse ele, fazendo uma careta e entrando na sala, onde a família tomava o café da manhã.

O jovem deu um bom-dia rápido e foi falando, animado:

— A mãe pediu pra perguntar se vocês não querem passar o dia na praia. Aí aproveitam e matam a saudade da Edite e da Joana.

Depois de um curto debate entre os pais da amiga, do qual Senghor não entendeu nada pois falaram em quéchua, a mãe de Pacha anunciou que sim, iriam. Mas desde que fosse mais tarde, após consultarem o pediatra da nenê, que chorara a noite inteira.

O garoto disse que eles adorariam a casa, pois tinha uma varanda maravilhosa, uma vista maravilhosa, uma churrasqueira maravilhosa e...

— Lá também tem uma rede maravilhosa? — interrompeu Pacha, bocejando e esfregando os olhos. Ela não conseguira dormir direito por causa do choro da irmãzinha.

Todos riram.

Eram mais ou menos dez horas quando Senghor, sua mãe, Joana e Edite viram, satisfeitos, o carro da família peruana estacionar em frente ao portão.

Nem bem desceram do automóvel, Marie e Edite se aproximaram, interessadas no estado de saúde da bebê.

— *No* era nada — tranquilizou-as a mãe. — É o verão chegando. A noite passada fez calor, ela estranhou.

Marie sorriu e com um gesto fez com que as visitas entrassem.

Tão logo botaram os pés dentro da casa, Senghor puxou as duas amigas pela mão. Na verdade, praticamente arrastou-as.

— Ei, calma, onde é que você... — reclamou Pacha, com as tranças balançando e quase tropeçando.

O garoto não respondeu. Continuou levando-as. Passou pela varanda, atravessou o gramado e só foi parar na beira do mar.

— Pronto. Tão vendo aquelas pedras lá? — apontou ele.

— Tamos. E daí? — disse Joana.

Senghor não falou nada. Apenas sorriu, fazendo suspense.

7. Não é esquisito?

O QUE SENGHOR MOSTRAVA ÀS AMIGAS era um conjunto de rochas existente no lado esquerdo da praia, a uns dois quilômetros da casa.

— Beleza... mas e daí? — repetiu a pequena.

Então o garoto finalmente falou:

— Eu não quis contar antes pra não estragar a surpresa... mas lá tem uma coisa muito legal que eu descobri nas outras vezes que eu vim.

— Que coisa? — quis saber Pacha.

O jovem ignorou a pergunta.

— Pombs, vocês não tão a fim de ver? Não gastem duas palavras, se uma só basta.

O garoto não esperou a interpretação do provérbio pelas meninas. Muito menos sua resposta. Disparou pela areia como um felino nas savanas da África. Era bonito ver Senghor correr. Dava a impressão de que não fazia o menor esforço.

Só mais de um quilômetro adiante é que ele parou para esperar as amigas. Quando finalmente chegaram perto dele, estavam exaustas. Pacha — com as duas mãos apoiadas na cintura e respirando fundo, para descansar — olhou em torno. A praia totalmente vazia, o sol batendo nas ondas, os grãos de areia brilhando... Até que no lado oposto, meio tapado por eucaliptos, ela viu um muro altíssimo. Com arames farpados na parte superior e uma guarita.

— *Taita*! Que que é isso, uma prisão?!

— Nada, é a casa de um bacana aí. Conferi legal — disse a pequena, com segurança, dando a entender que, naqueles poucos dias, já tinha dado um jeito de conhecer muita coisa do povoado.

— Casa particular? Com um muro desse tamanhão? — surpreendeu-se Senghor, que nunca tinha reparado na construção, pois sempre passara por ali correndo.

— Bota fé, compadre. E fique sabendo que esse "murinho" não é mixuruca, não. Além de alto, tem mais de quinhentos metros, tá ligado? Vai daqui até lá, nas tuas pedras.

— Pombs... — espantou-se o garoto, coçando a cabeça e medindo, aproximadamente, a distância.

— A mulher da padaria falou — prosseguiu a pequena — que o bacana se mudou pra cá faz um tempo. E mandou logo construir a casa e o muro. Ela disse que ele é lá dos Estados Unidos, é um... um...

— Estadunidense? — ajudou Pacha.

— Falou. Um gringo. Só que é brasileiro. Quer dizer, ele é um brasileiro gringo. Ele é um... um...

— Um norte-americano naturalizado brasileiro. É isso? — desemperrou Senghor.

— Falou. A empregada dele, que vai na padaria, chama ele de Mister... Mister "Bobich"!

Os outros caíram na gargalhada.

— "Bobich"... isso lá é nome de gente? — riu Pacha.

— Pô, dá um tempo, né? — reagiu Joana, magoada com a gozação. Mas em seguida riu também: "Bobich"...

De novo de bom humor, a pequena prosseguiu, contando que a dona da padaria achava que o bacana "era um sujeito muito do esquisitão".

— Ele nunca sai de casa.

Parou de falar e encarou os amigos.

— Vocês também não acham esquisito?

Mas, para a decepção da menina, Pacha e Senghor balançaram a cabeça e disseram que não. Eles não achavam que havia algo de mais no fato de alguém não sair de casa.

— Ele pode ser uma pessoa doente — disse Senghor.

A menina sacudiu a cabeça.

— Doente nada. A mulher da padaria viu ele uma vez. O bacana é comprido, tem o cabelo castanho meio claro e um olho tão junto do outro que parece vesgo.

— A senhora hein, dona Joana? Ficha completa — brincou Pacha.

— Bota fé — disse a menina, vaidosa.

Por uma fração de segundo, a mente de Pacha saiu dali e foi até a favela. Entendeu a extrema curiosidade da amiga.

Pensou que, para Joana e os demais moradores, estar sempre bem-informado era uma questão até de sobrevivência.

Quando voltou a prestar atenção na pequena, ela dizia que dentro da propriedade de Mister "Bobich" devia haver um "aeroporto". Pois volta e meia se via um helicóptero descendo e subindo.

— A mulher da padaria acha que tem umas trocentas pessoas morando na casa, mas ninguém nunca viu ninguém — afirmou.

— E a tal empregada que compra o pão, ela não conta nada? — indagou Senghor.

— Nadinha.

Ao ouvir a resposta, o amigo deu o assunto por encerrado, constatou Pacha. Pois, no mesmo instante, o garoto apontou as "suas" pedras e convidou:

— E aí, vamos ou não vamos?

Para variar, falou e disparou. Em poucos segundos, já escalava a primeira rocha. Barradas por ela, as ondas não chegavam ali naquele ponto; era fácil subir sem escorregar.

— É lá em cima — gritou o garoto para as meninas, que vinham a uma certa distância.

De repente, sem que ninguém esperasse, um estrondo estremeceu tudo. Um estouro tão forte que ecoou no espaço. Que deixou Joana e Pacha surdas. No mesmo momento, uma cena assustadora paralisou as duas: Senghor caíra da pedra!

8. Fora daqui!

O CORPO DE SENGHOR ESTAVA IMÓVEL sobre a areia.

— *Venga*... venha! — gritou Pacha a Joana, apavorada, enquanto corria em direção ao amigo. As duas meninas se ajoelharam rapidamente ao lado dele. Angustiada, Pacha encostou a cabeça no peito do garoto para ver se o coração ainda batia. Inesperadamente, porém, sentiu um puxão na trança e ouviu uma gargalhada.

— Surpresa! — brincou ele, abrindo os olhos.

— Pô, Senghor! — reagiram as duas, zangadas.

— Que que foi? Preferiam que eu tivesse morrido? — disse, divertido.

Explicou que, devido aos treinos de corrida, seus reflexos eram muito bons. Logo que escutou o barulho, tinha conseguido saltar na areia, em total segurança.

Ao ver Senghor se levantar, Joana mirou os amigos com impaciência.

— Demorou. Vão ficar aqui nessa conversa mole ou

vamos ver que estouro foi esse? — sugeriu, sem controlar a curiosidade, indicando as rochas.

— Tive a impressão de que foi bem lá em cima... — afirmou Pacha.

Os três escalaram as pedras. Arfando, chegaram ao topo. Observaram, parecia tudo normal. Mas Senghor, de repente, pediu silêncio.

— Ssssshhhh.... — fez ele, colocando um dedo sobre a boca e apontando, com a outra mão, o lado esquerdo.

As meninas acompanharam o sinal e então viram. Um homem, de costas, estava agachado em frente a um grande bloco despedaçado. No entanto, pressentindo a presença de alguém, subitamente ele se voltou.

Levantou e, gesticulando muito, berrou:

— *Out*! Saiam daqui! Propriedade particular!

Os três amigos se entreolharam. Alto, meio vesgo, sotaque de caubói. Era o Mister.

— Propriedade particular uma ova... — murmurou Pacha.

Senghor, por sua vez, deu um passo à frente e fez um gesto para as meninas o seguirem.

Sem ligar para a bronca do Mister, os três foram se aproximando.

O homem ainda repetiu "*out!*" algumas vezes. Mas, vendo que os jovens não obedeciam, apesar de aparentar mais de cinquenta anos deu um pulo, ágil. Saltou para trás do conjunto de pedras. E sumiu em direção ao muro enorme.

Os três jovens aproximaram-se do lugar da explosão, onde o Mister estivera até segundos atrás.

Repentinamente, Pacha suspeitou de algo. Abaixou-se e abriu as narinas, farejando.

— Dinamite... — afirmou.

— É ruim, hein. Como é que você sabe? — duvidou Joana.

— Conheço de olho fechado. Lá na cidade do pai, no Peru, todo mundo trabalha numa mina e mexe com dinamite. Quando fui passar férias lá, meus primos me mostraram...

Senghor não tirava os olhos da pedra destruída e balançava a cabeça, desconsolado. A "coisa legal" que ele quisera mostrar às meninas estava aos pedaços.

— Pombs, era uma pedra com uns desenhos tão estranhos, tão bonitos... — lamentou ele.

— E não são desenhos pintados, são gravados... ainda dá pra ver... — observou Pacha, passando a mão sobre as saliências de um dos fragmentos que tinha sobrado.

— Bonitos mesmo... — disse Joana, conferindo outro pedaço.

As duas ainda verificavam as ruínas, quando ouviram Senghor gritar, excitado:

— Vejam! A dinamite não destruiu esta aqui!

O amigo mostrava uma rocha a poucos metros da outra. Era um milagre que tivesse escapado da explosão. E aquela pedra, já conhecida por Senghor de suas explorações anteriores — logo constatariam as duas jovens —, também não era comum. Nada comum.

9. A sombra curiosa

A ROCHA QUE SENGHOR MOSTRAVA a Pacha e Joana era pontuda, vertical. E tinha um contorno curioso.

— Saquem só o desenho que a sombra dela faz — disse o garoto, chamando a atenção das meninas para o detalhe.

— *Taita*! É... é... um dedo! A sombra tem o formato de um dedo! — entusiasmou-se Pacha.

— Falou, comadre. Um dedo! E tá apontando direto pra você, tá ligada? — brincou Joana. Em seguida, porém, ficou séria. — Só não entendi uma coisa. Por que será que o Mister explodiu a pedra, hein?

— Será que foi ele mesmo? — questionou Senghor. — Vai ver, escutou o estouro e veio olhar...

— Não. Acho que foi ele que...

Pacha ia completar seu raciocínio quando foi interrompida por um grito.

— Senghooor!

Era Marie, lá embaixo, que os procurava.

O Senhor da Água

— Tô aqui! — respondeu o garoto, acenando para ela.

— Almoço! — berrou a mãe novamente, para poder ser ouvida.

O jovem conferiu o relógio.

— Mas só são onze hoooras — respondeu ele, insatisfeito.

— Droga, Senghor, me obedeça!

Enquanto desciam, o garoto, com o queixo, indicou sua mãe — que já retornava à casa — e deu uma piscada para as amigas.

— Se te perguntarem: "Viste um asno cinza?", responde: "Nem cinza, nem preto, nem branco. Não vi asno nenhum".

— Não captei, mestre — disse Joana, fazendo uma careta engraçada.

— Ele quis dizer que em boca fechada não entra mosca — riu Pacha.

— Não vamos falar nada pra ninguém. Nem pros nossos pais — reforçou Senghor. — Senão eles não vão mais deixar a gente vir aqui.

— Tá. Mas e se eles ouviram a explosão? — perguntou Pacha, preocupada.

— Fácil. A gente fala que foi uma onda forte que bateu nas pedras — respondeu o jovem, dando outra piscada, com um ar de esperteza.

As meninas devolveram a piscadela. O trato estava feito.

Os adultos, porém, não tinham escutado nada. Pois a única coisa que falaram, tão logo os três chegaram à casa,

Rosana Bond

era que não queriam que "ninguém pegasse o sol do meio-
-dia". E Marie reclamou que nenhum deles passara protetor solar.

O almoço, servido mais tarde na varanda, foi uma deliciosa tainha assada na churrasqueira. A sempre comemorada "safra" da tainha em Florianópolis já passara havia muitos meses, porém Marie costumava guardar um suprimento desse peixe no congelador. Principalmente depois que aprendera a fazer o recheio típico dos habitantes nativos, os chamados "manezinhos da ilha": uma farofa úmida, com farinha de mandioca, colorau e tempero de alfavaca.

A varanda e a churrasqueira ficavam nos fundos da casa, de frente para o jardim e o mar.

Ao terminarem de comer, os adultos se acomodaram nas redes. Senghor, Pacha e Joana, por sua vez, sentaram-se num degrau da escada, encostando-se nos pilares da varanda.

Enquanto Marie falava da receita da farofa para a mãe de Pacha, esta amamentava a bebê, que reclamara, com fome.

— E aí, filha, não vai tirar uma soneca? Não era você que queria uma rede *maravillosa*? — lembrou o pai, divertido.

Não, não queria. O susto com a explosão, a queda de Senghor, o encontro com o Mister e a pedra de sombra curiosa fizeram com que esquecesse completamente o cansaço. Os outros dois também estavam agitados.

— Demorou. Quantas horas a gente vai ficar aqui parado, hein? — resmungou Joana, baixinho, para só os dois amigos escutarem.

O Senhor da Água

— Vamos lá de novo? — sussurrou Senghor para as meninas.

Nem precisava ter convidado. Rapidamente, dizendo que iriam "dar uma voltinha na praia", os três se levantaram, passaram o protetor solar e saíram.

Mas nem bem tinham pisado na areia, despencou uma chuva torrencial. Com muito vento, relâmpagos e trovões. Coisa comum em Florianópolis. Num momento, um sol radiante. No outro, uma tempestade de dar medo. Decidiram voltar e esperar.

Nisso o telefone tocou. Edite foi atender. Ouviu-se ela conversar com alguém e pouco depois, preocupada, sair à varanda e chamar Joana:

— Querem falar com você também.

Minutos após a pequena retornou, de cabeça baixa. Aproximou-se de Edite e falou:

— Não rolou, né, mãe...

Todos olharam para as duas, sem entender o que estava acontecendo.

10. É mentira!

NOTANDO QUE TINHA DEIXADO TODO MUNDO PREOCUPADO, Edite deu um sorriso amarelo.

— Desculpem. Era a diretora da escolinha daqui da praia. Ontem eu falei com eles e pedi pra deixarem a Joana fazer as últimas provas aqui, pra ela não perder o ano. Mas não aceitaram... — esclareceu, tristonha.

Disse que a diretora lhe informou que, naquela manhã de sábado, o conselho tinha se reunido e negado matricular Joana. Não queriam alunos expulsos de outros colégios e, ainda mais, que estivessem "envolvidos com drogas".

— *Pero*... mas... mas isso é mentira! — reagiu Pacha, indignada. — A Joana nunca esteve...

— Realmente, a escola inverteu as coisas — analisou a mãe de Senghor. — Foi justamente para não se envolver com drogas que a menina fez o que fez. Vou falar com eles.

Pediu a Edite o número do telefone da diretora e entrou. Depois de alguns minutos, que pareceram horas, Marie retornou à varanda. Abraçada à mãe, a pequena não escondeu a ansiedade:

— Rolou?

Marie sentou-se, desanimada. E fez que "não" com a cabeça.

— Sinto muito, Joana. A diretora disse que as aulas estão acabando, que não há mais tempo de reunir o conselho de novo. Droga...

Pacha e Senghor olharam, desconsolados, para a amiga. A pequena Joana perdera, irremediavelmente, o ano letivo. Tristeza...

Fora isso, a chuva, que começara tão inesperadamente, não foi mais embora. Choveu o resto do sábado e o domingo inteiro, não permitindo que Joana, Senghor e Pacha voltassem às pedras.

Inconformados, ficaram dentro de casa como se fossem feras numa jaula. Ler um livro, ver um vídeo, jogar *game*, disputar uma partida de xadrez, inventar um bolo ou uma pipoca diferente. Nenhuma sugestão dos pais foi bem-aceita. Os três chegaram a irritar os adultos.

Mas o pior estava por vir.

Na segunda-feira pela manhã, quando Pacha, Senghor e suas famílias voltaram para a "ONU", uma péssima notícia os aguardava: o prédio estava novamente sem água!

A chuva forte tinha carregado barro, lixo, esgotos e agrotóxicos das lavouras para dentro de um dos rios onde a companhia fazia a captação de água. E, sem condições de filtrar aquilo tudo, cortaram o abastecimento de metade da cidade. Anunciavam, porém, que tudo estaria resolvido em doze horas.

Mas, para desespero geral, o prazo não foi cumprido. A água não voltou naquela noite de segunda. Nem na terça. E muito menos na quarta.

Assim, na quinta-feira, quando as primeiras gotas finalmente pingaram das torneiras, um morador da "ONU", na gozação, disse que aquilo merecia até uma festa.

Alguém, também com espírito brincalhão, falou que era uma ótima ideia e contou para um vizinho. Aquele contou para um outro. E foi desse modo que, naquela noite de quinta-feira, a "ONU" improvisava uma divertida e inusitada "comemoração".

Um festejo que recebeu até nome. Pois um engraçadinho tratou de escrever num pedaço de papelão, pregado na porta do salão do térreo: "VIVA A SECAFEST!". Numa alusão gaiata à Oktoberfest, a celebração mais famosa de Santa Catarina, realizada anualmente em Blumenau.

11. A "festa da seca"

ERAM SETE DA NOITE quando o salão do edifício — que servia para reuniões, aniversários e eventos artísticos, como exposições de arte e peças teatrais — começou a se encher de gente.

Adultos, jovens e crianças chegavam, animados, carregando nas mãos pratos com comidas típicas. Isso era uma tradição no prédio: toda vez que se reuniam para alguma coisa, traziam alimentos típicos de seus países.

Olhando o local, com dezenas de pessoas rindo e conversando, era fácil entender por que se apelidara o prédio de "ONU". Havia louros de olhos claros, morenos de olhos escuros, asiáticos de olhos puxados, negros, pardos, descendentes de indígenas de pele acobreada.

Na vestimenta, tudo também era muito variado. Não que trajassem roupas típicas. Mas era igualmente uma tradição que os moradores aparecessem, nessas oportunidades, usando ora um turbante, ora uma saia, um calçado, um chapéu, um colar artesanal. Qualquer peça que lembrasse seus lugares de origem.

A comprida mesa, encostada na parede, contendo quibe árabe, ravióli italiano, frango com broto de bambu chinês, cuscuz africano, suflê francês, tortilhas recheadas mexicanas e muitas outras gostosuras, foi cuidadosamente organizada por uma professora portuguesa e seu marido, que sempre se encarregavam, com prazer, dessa tarefa. E foi cercada em poucos minutos, tão logo o casal anunciou, divertido, puxando o sotaque lusitano: "*Atacaire!*".

Terminado o jantar, enquanto os jovens se agrupavam numa parte do salão, para escutar música e dançar, as crianças corriam pelo espaço livre ou se amontoavam em torno de brinquedos colocados no chão pelas mães.

Os adultos, por sua vez, conversavam entre si, ocupando várias mesinhas espalhadas pelo local. Embora todos, bem ou mal, falassem português, ouvia-se também um zum-zum-zum em outras línguas.

O assunto naquela noite era, claro, o problema da água.

O síndico, que já havia passado de mesa em mesa, aproximou-se daquela onde estavam as famílias de Pacha e Senghor.

— Boa noite — cumprimentou ele, puxando uma cadeira para se sentar.

Em seguida, começou a falar longamente sobre os problemas gerados pela constante falta de água. Só quando viu que o grupo já mostrava sinais de cansaço é que se apressou a concluir, enfático:

— A única solução é a gente comprar mais uma caixa grande. É para o prédio ter uma reserva maior.

O Senhor da Água

Quase no mesmo instante, a surpresa. As pessoas que estavam nas mesas próximas ouviram alguém dizer — em tom alto, devido à música que os adolescentes curtiam:

— Pois eu não concordo!

Diversas cabeças se voltaram para o ponto de onde viera a voz. Era o pai de Pacha quem tinha falado.

Os ocupantes das mesas mais distantes também esticaram o pescoço, com curiosidade.

Ao notar isso, Marie pediu aos jovens que desligassem o som e se aproximassem.

— Acho que essa conversa interessa a todos...

12. Um dos maiores do mundo

COM DEZENAS DE OLHARES SOBRE ELE, o pai de Pacha pigarreou. E só então começou a falar:

— *Bueno*, eu até concordo que se providencie mais uma caixa, embora nos últimos tempos já tenhamos comprado duas. Mas o que estou querendo dizer é que isso é uma coisa provisória, não resolve. O que, sim, devemos fazer, é exigir que a companhia resolva definitivamente o problema.

— Concordo! — disse Marie, apoiando o vizinho. — Droga, faz tempo que enfrentamos essa situação. E nunca paramos para discutir isso direito.

Após uns momentos de silêncio, alguém levantou a mão, pedindo a palavra. Era um morador mexicano.

— Que tal fazermos um abaixo-assinado? A companhia tem que fazer alguma coisa. Por que eles não pegam água de outros rios, já que vivem dizendo na imprensa que os atuais estão com tantos problemas?

Ele falou e calou-se, esperando a reação dos demais moradores.

Após um breve instante, escutaram-se aplausos.

— Isso mesmo! — entusiasmou-se uma professora norte-americana.

Um professor chinês, no entanto, balançou a cabeça, com ar desanimado:

— O problema é que os rios do continente, de onde eles retiram a água e mandam aqui para a ilha, estão ficando inúteis. Alguns estão secando, por causa do desmatamento. Outros estão contaminados pela poluição. Sei disso porque tenho um amigo que trabalha na companhia.

— Complicou... — disse um adolescente, filho de um professor alemão.

— O pior — afirmou uma professora de Angola — é que isso não está acontecendo só em Florianópolis ou no Brasil. É no mundo inteiro. A água potável está acabando...

— E tem uma pá de gente que ainda por cima desperdiça... — falou uma menina, filha de um casal francês, olhando diretamente para o irmão mais velho, de uns dezesseis anos, que fora flagrado pelo síndico lavando o carro da família com uma mangueira, em vez de usar balde. O rapaz, rindo, fez um gesto, com a mão passando rápido sobre o pescoço, indicando que iria "degolar" a irmã. Os outros adolescentes acharam graça.

— *Dios!* — exclamou a mãe de Pacha, voltando ao ponto anterior, depois que as risadas pararam. — Se a vida da gente vira um inferno com alguns dias sem água, imagina se no futuro o mundo inteiro tiver um racionamento permanente...

— A gente tem falado disso no colégio — afirmou Senghor, entrando na conversa. — Lemos que esse negócio da falta de água é grave mesmo. Mas o professor falou que, se o mundo todo cuidar, ainda tem reserva pra uns trezentos anos...

— Fora isso, o Brasil tem sorte — observou o pai de Pacha. — Aqui, além de existirem muitos rios, há também muita água subterrânea. Como o grande Aquífero Guarani...

— Aquí... o quê? — indagou uma simpática menininha, filha de um casal vindo da Itália.

— Aquífero Guarani, um dos maiores do mundo — respondeu Pacha, mostrando que conhecia o assunto. — Ele existe em diversos países da América do Sul. Aqui no Brasil, tem em vários estados, até aqui em Santa Catarina, da serra pra cima. No litoral não tem. Pelo menos foi o que a minha professora disse...

Ninguém falou mais nada.

— Então... — disse Marie, vendo que os moradores já estavam meio cansados. — O que é que nós vamos fazer?

Após alguns instantes de silêncio escutou-se o pessoal de uma mesa gritar:

— Abaixo-assinado!

Logo os demais também apoiavam:

— Abaixo-assinado! Abaixo-assinado!

Com gritos, assobios e palmas, a "ONU" acabou encerrando sua Secafest com a seguinte decisão: seria feito mesmo um documento, com as assinaturas dos moradores, o qual seria entregue à companhia na próxima segunda-feira.

O Senhor da Água

13. Fujam!

NO DIA SEGUINTE, Marie acordou animada.

Não tinha que dar aula naquela sexta-feira e, como já havia água, podia colocar os serviços da casa em ordem.

E mais: ela e o filho poderiam ir para a praia naquela mesma tarde. Não havia razão para esperarem pelo sábado.

Senghor, ao chegar da escola na hora do almoço, adorou a ideia. Estava louco para voltar à praia.

Na verdade, o problema da falta de água, naquela semana, tomara mesmo foi a atenção dos adultos. Porque ele e Pacha não pensavam em outra coisa que não fosse a explosão, os estragos na pedra desenhada, a agressividade do Mister "Bobich" e o grande mistério da sombra daquele "dedo", que parecia apontar para alguma coisa.

Os dois amigos já se sentiam em férias, pois tinham passado direto. Assim, achavam que não havia nada de mau em dedicar todo o seu tempo àquela história estranha e criar mil fantasias. Por que o Mister construíra aquele muro tão alto? Ele tinha algum segredo? E o tal helicóptero que ia e vinha?

Senghor, Pacha e Joana tinham passado aqueles dias conversando entre si. Telefonavam-se a toda hora, combinando uma nova visita às pedras.

A pequena, a quem tinham pedido que não fosse sozinha ao local — já que havia o risco de topar com o Mister —, ligara várias vezes informando que estava de olho na casa "do bacana", mas que nada de novo estava acontecendo.

— Posso convidar a Pacha? — indagou Senghor à mãe, dando a última garfada no almoço.

Autorizado por Marie, o garoto disparou até o apartamento da amiga.

Depois de uma certa relutância dos pais da garota — que receavam que a presença da filha pudesse "dar trabalho" a Marie —, finalmente a autorização foi dada.

Duas horas mais tarde, na praia, mal viu os amigos entrando na casa Joana sorriu, cúmplice. Não foi preciso nenhuma explicação.

Ansiosa, a pequena achou que os dois estavam perdendo muito tempo, ao passarem o exigido protetor solar, e fez um gesto para que se apressassem.

— Demorou...

Animados, os jovens dispararam rumo ao conjunto de pedras, que já tinham passado a chamar simplesmente de "Dedo".

A comprida faixa de areia era uma pista perfeita. Não havia um único banhista para atrapalhar. Além disso, aquela

O Senhor da Água

tarde de sexta-feira se aproximava do fim e já não fazia tanto calor.

Assim, Senghor, Joana e Pacha correram sem dificuldade e escalaram os blocos enormes. Alcançaram o topo e se voltaram para o lado esquerdo, onde ficavam os restos da pedra desenhada e o "Dedo", com sua sombra misteriosa.

Davam os primeiros passos naquela direção quando, repentinamente, Pacha estacou. Dilatou as narinas, arregalou os olhos e deu um berro:

— *Olor*... o cheiro! Fujam!

Então tudo aconteceu muito rápido.

Senghor, em vez de fugir, correu rumo aos fragmentos da pedra desenhada. Ali, junto ao que sobrara da explosão anterior, estava acesa uma banana de dinamite! O pavio não tinha mais que alguns centímetros e queimava rapidamente.

Pacha e Joana gritaram "não!!". Mas o garoto, veloz como um raio, apanhou a dinamite. E no mesmo instante, sem que as meninas tivessem tempo de se mexer, saltou sobre duas pedras e lançou o explosivo no mar.

Em contato com a água, o pavio apagou-se, chiando.

Com as pernas moles de susto, as garotas viram o amigo se virar para elas, soltar o ar preso nos pulmões e dizer, aliviado:

— Acabou.

Veio lentamente até onde as amigas estavam.

— Pombs, desta vez chegamos a tempo... — murmurou ele.

Muito pálida, Pacha só conseguiu gaguejar:

— Vo... você tá legal?

O garoto fez um movimento com a cabeça, indicando que sim.

— Maior vacilo, compadre... — sussurrou Joana, também em choque.

14. Tremenda enrascada

O SUSTO FORA GRANDE.

Mas Senghor não demorou muito a voltar ao normal. Já calmo, deu uma boa olhada em torno, para ver se tinha alguém escondido por ali. Mas não havia vivalma.

Em seguida, explicou às amigas o motivo pelo qual salvara os restos da pedra.

— Ela tá toda quebrada, mas ainda dá pra aproveitar. Quer dizer, se alguém ainda quiser descobrir o significado desses desenhos dela... — observou, enigmático.

Os três se sentaram e ficaram olhando o mar, cada um "conversando" com os próprios pensamentos. No céu, que aos poucos virava azul dourado, começou a despontar a lua.

— Pô, será... será que isso foi coisa do Mister? — disse Joana, quebrando o silêncio.

— Por que que alguém ia querer estourar uma pedra que já tava estourada? — indagou Pacha, tentando raciocinar.

— Não tenho a menor ideia... — falou Senghor, levantando-se. — Mas uma coisa eu sei. O trato continua de pé, a gente não pode contar nada pra ninguém.

Disse aquilo e apontou para a mãe, que vinha caminhando pela praia. Pelo jeito, já estava na hora do jantar.

Na ampla mesa da sala, Edite serviu uma travessa com peixe e amendoim. Uma gostosa receita senegalesa que acabara de aprender com Marie.

— Demoraram nas pedras, *mon pe*... filho... — corrigiu-se ela, sorrindo, e dando uma garfada. — Por falar nisso, o que é que vocês tanto fazem naquele lugar, hein? Andam mergulhando lá de cima?

Pacha e Senghor responderam juntos:

— Sim... — disse ele.

— Não... — disse ela.

— Sim ou não? — questionou Marie.

"Maior mico! Esquecemos de combinar isso", pensou Joana.

— Se não têm ido mergulhar, andam fazendo o quê? Pescando?

De novo Pacha e Senghor responderam juntos:

— Não...

— Sim...

Foi o que bastou para Marie ter certeza de que estavam escondendo alguma coisa.

— Droga, Senghor, você sabe o que os muçulmanos falam a respeito da verdade, não é mesmo? — afirmou, tocando no ponto fraco do filho. — O que é que teu pai sempre costuma dizer?

O Senhor da Água

O garoto ficou totalmente sem graça.

— Ensinai uns aos outros a falar a verdade e a suportar qualquer sacrifício por ela — recitou ele. E complementou: — Palavras do profeta Maomé.

— E então? — cobrou a mãe, séria, encarando o garoto.

Os três amigos sentiram que tinham acabado de se meter numa tremenda enrascada.

— Então, Senghor? Estou esperando — insistiu Marie.

O garoto ficou branco. Depois vermelho, quase roxo.

— Então nada, mãe — respondeu, finalmente.

E a seguir pediu que lhe passassem o peixe, numa tentativa aflita de ganhar tempo. Encheu a boca de comida, demorou para mastigar, e só depois falou, no tom mais natural que conseguiu:

— A gente vai lá porque é legal. Dá pra mergulhar, dá pra ver os siris entrando nas tocas. Pombs, a senhora precisava ver o tamanho dos siris que...

— Tudo bem, Senghor, vou fingir que acredito — afirmou Marie, dando um suspiro de cansaço e levantando-se. — Depois desta semana infernal, enfrentando aquela maratona da falta de água, estou um caco. O que eu quero agora é um bom banho e uma bela duma cama... — disse, dando boa-noite e já caminhando para o quarto.

Pacha, Joana e Senghor, ainda sentados à mesa, entreolharam-se, aliviados. Aquela tinha raspado na trave.

Na manhã seguinte, assim que tomaram o café com Marie, os três se levantaram e, coisa que nunca tinham feito, ajudaram Edite a tirar a mesa. Terminaram e já iam, quietinhos, em direção à varanda, quando ouviram o leve sotaque francês:

— Onde é que o senhor e as senhoritas pensam que vão?

Marie, ainda sentada, comia o último pedaço de pão.

— Ver os siris... — respondeu Senghor, com uma cara de anjo que convenceria qualquer um. Qualquer um, menos a mãe.

— Voltem aqui — ordenou ela, calma porém firme, indicando as cadeiras. Até Edite, que também estava intrigada, parou de lavar a louça e veio se colocar de pé, ao lado de Joana.

— Agora nós queremos a verdade — exigiu Marie. — Vamos, estamos ouvindo.

Percebendo que não tinham mesmo saída, os três jovens finalmente revelaram tudo o que acontecera.

À medida que iam contando, a expressão de Marie e Edite ficava cada vez mais inquieta. Mas as duas não diziam nada. Porém, no momento em que o filho confessou que pegara a banana de dinamite acesa para jogar na água, a mãe se descontrolou:

— Não acredito! — gritou. — Droga, você podia ter morrido!

15. Tesouro enterrado?

AO OUVIR A REVELAÇÃO, Edite também ficara em pânico.

Pálida e nervosa, foi dizendo "bonito, não, dona Joana?", ao mesmo tempo que corria à cozinha para trazer um copo de água com açúcar para Marie.

Bebendo lentamente, gole a gole, a mãe de Senghor, ao terminar, parecia um pouco mais calma.

— Esse Mister... essa história toda é muito estranha... estranha e séria. Danificar patrimônio rupestre é crime — disse ela.

— Ru... o quê? — indagou Joana.

— Rupestre. Gravações, inscrições, traçados em rochas — explicou Marie, que conhecia um pouco do assunto, devido ao fato de seu trabalho como antropóloga estar algumas vezes ligado à Arqueologia. — É possível que aqueles "desenhos", como chamam vocês, sejam obra de povos muito antigos. Assim, são parte do patrimônio do país, não podem ser destruídos.

— Mas então por que que o Mister explodiu? — perguntou Senghor.

— Primeiro, ninguém sabe se foi ele. Depois, bom, existem pessoas que acham que debaixo de uma pedra "desenhada" existem tesouros enterrados — informou ela. — Isso acontece aqui no Brasil há muito tempo. Uma boa parte do patrimônio rupestre do país foi destruído pelos chamados caçadores de tesouros.

Ao ouvir aquilo, Pacha se mexeu na cadeira.

— Será que o Mister... — começou a garota e parou, olhando para os outros dois. Pela expressão deles viu que estavam com a mesma dúvida: será que o misterioso Mister "Bobich" era, afinal, um caçador de tesouros?

— A senhora acha que aqueles desenhos querem dizer alguma coisa? — perguntou Joana, recebendo um sorriso de incentivo dos outros dois. — Por que que ele dinamitou justo...

— Por favor, não comecem a fazer suposições malucas.

— Então, mãe, por que que a senhora não vai lá, agora, com a gente? — propôs Senghor, entusiasmado, já levantando da cadeira.

— Nada disso! — cortou Marie. — Não quero nenhum de vocês nem passando perto daquele lugar.

— Mas, mãe... — insistiu o garoto.

— Droga, não!

Em seguida, ela reparou bem no jeito dos jovens e tomou uma decisão:

— Por favor, Edite, você poderia me ajudar a arrumar as nossas coisas? Vamos voltar já para casa!

O Senhor da Água

— Pombs, mas por quê? — questionou o filho, inconformado.

— Porque já vi que vocês não estão a fim de me obedecer e eu não quero me incomodar. E ponto-final.

No automóvel pronto para partir, Marie alertou Edite:

— Fique de olho na pequena, viu? Não deixe que ela vá lá nas tais pedras...

Nem bem tinham pegado a estrada que levava à "ONU", Marie viu que o assunto não estava encerrado. Porque Senghor voltou à carga:

— Mãe, a senhora tinha que ir lá no "Dedo"...

Ela deu uma rápida olhada para o banco traseiro, onde o filho estava.

— Droga, não sei o que está acontecendo com você. Está ficando irresponsável, desobediente. Você não era assim...

O garoto ficou quieto. Mas logo depois sorriu.

— Por que estranhas que venha na concha o que tu mesmo colocaste no pote? — respondeu ele, fazendo uma careta marota.

— O quê? — perguntou Pacha, fechando o vidro do banco da frente, onde estava sentada, para poder ouvir melhor.

Marie deu uma gargalhada.

— Ele está querendo dizer que não devo estranhá-lo porque puxou a mim.

Em seguida refletiu: "O Senghor tem razão. Se eu não tivesse sido 'irresponsável' e 'desobediente', hoje não seria feliz. Não teria saído da França, voltado para o Senegal e entrado na faculdade de Antropologia...".

Sentiu-se vencida.

— Tudo bem. Eu vou... eu vou ver as tais pedras. Satisfeitos?

— Legal! — comemorou Senghor, batendo a palma da mão na de Pacha e dando um apertão de agradecimento no ombro da mãe.

— Mas vocês têm que me dar um tempo — pediu Marie, fazendo a última curva antes de chegar à "ONU". — Nos próximos dez dias tenho que fechar as notas na Universidade. Depois, tudo bem.

Combinaram então que, passado aquele prazo, quando as férias efetivamente começassem e Senghor e Marie se mudassem definitivamente para a casa da praia, ela iria até as rochas. Antes disso — ficou também acertado —, ninguém colocaria os pés naquele lugar cheio de mistérios e perigos.

16. Abafando um grito

NA SEGUNDA-FEIRA, Marie, mesmo cheia de trabalho, aprontou-se para ir à companhia de água com um grupo de moradores da "ONU", levando o abaixo-assinado, como fora decidido.

Estava abrindo a porta para sair, quando o celular tocou. Era a secretária da Universidade, para lá de nervosa. Dizia que um defeito no computador apagara alguns dados das últimas provas dos alunos. E que todos os professores do departamento estavam sendo convocados, naquele momento, para uma reunião urgente.

"Droga!", irritou-se Marie.

Mas não havia jeito, tinha que ir. Chateada, desculpou-se com os vizinhos e correu para a Universidade.

Somente à noite é que ficou sabendo do resultado do abaixo-assinado.

— Foi nenhum — resumiu-lhe ao telefone, decepcionado, o pai de Pacha, que estivera na companhia com o grupo.

Contou que o funcionário que os recebera falou que a "ONU" estava coberta de razão ao exigir uma solução definitiva. Mas que os rios de Santa Catarina estavam cada vez mais precários e que a culpa não era da companhia.

— Ele disse que não há verba para construir esgotos e estações de tratamento. E que, fora isso, é muito difícil combater o esgoto ilegal, o desmatamento, o corte das matas ciliares, a poluição por agrotóxicos e outros produtos químicos. Imagina que ele contou que muitas das multas sequer são pagas.

— Não?! — espantou-se Marie.

— *No*. Nós espremimos o homem. E sabe o que ele acabou admitindo? Que a maioria dos infratores, empresas, produtores rurais etc., é gente que tem... que tem... *pistolón*.

— "Pistolão".

— *Sí*. É gente que tem poder econômico e é defendida por autoridades e políticos.

Marie ficou revoltada.

— Podres! — esbravejou, quase despencando da banqueta onde se sentara para telefonar. — Mas, se eles pensam que a população vai aceitar isso eternamente, estão muitíssimo enganados! Droga, será que eles pensam que as pessoas vão ficar de braços cruzados?

— Imagino que eles acham que todo mundo pode ser enrolado — lamentou o pai de Pacha. — Mas, enquanto isso, temos novidades. Decidimos que, a partir de agora, todos os moradores aqui do prédio devem tentar tomar banhos de no

O Senhor da Água

máximo cinco minutos. E continua de pé a proibição de lavar automóveis com mangueira.

Enquanto isso, Pacha, Joana e Senghor constatavam, por outro lado, que os dias de prazo pedidos por Marie iriam custar muito a passar.

O garoto ainda tentou se distrair, treinando na pista de corrida do colégio e vendo mil partidas de futebol na tevê. Também aproveitou o tempo para gastar uma fortuna telefonando várias vezes para Dacar, pedindo que o pai retornasse logo. Mas ele sempre respondia a mesma coisa:

— Filho, o problema é que está muito difícil eu arrumar um time que permita ao seu irmão continuar a escola. Tua mãe também está aflita, vive nos ligando, pedindo pra gente voltar. Mas ele não quer desistir, diz que quer realizar seu sonho. A gente respeita, mas tanto eu quanto ela não queremos que ele pare de estudar...

Pacha e Joana, por sua vez, estavam indóceis. Nada as divertia.

Até que, finalmente, chegou o dia D. Dezesseis de dezembro. Férias!

Para "variar", Senghor bateu cedo na casa de Pacha. Trazia um recado de Marie. Ela convidava a família para passar uma semana na praia.

Depois de uma conversa em quéchua entre o casal, o convite foi aceito. Mas os pais de Pacha pediam um tempo para os preparativos. Só poderiam ir no outro dia.

Trato feito, na manhã seguinte, bem cedo, todos já cumprimentavam Edite e Joana, que os esperavam com a mesa posta. Um lanche senegalês abrasileirado, para lá de apetitoso, que Edite também aprendera com Marie. Chá de hortelã gelado, pão fresco, pasta de amendoim e salada de carne seca desfiada.

Os três jovens — que não conseguiam pensar em outra coisa que não fosse o "Dedo" — não permitiram, porém, que Marie tomasse com calma o primeiro café da manhã de suas férias. Senghor, mal terminou de comer, postou-se a seu lado, como um sentinela.

— Levanta, mãe...

Marie viu que não tinha saída.

— Vou logo ali com os pestinhas — esclareceu, de bom humor, aos pais de Pacha, que a olhavam curiosos. — Já volto e...

Mais não conseguiu dizer, pois Senghor a puxou pelo cotovelo.

Tão logo o grupo pisou na areia, o garoto provocou:

— Vamos ver quem chega primeiro?

E voou em direção às pedras. Marie e as duas meninas correram atrás, mas nem tentaram alcançá-lo. Era inútil.

O jovem as esperou sentado ao pé do conjunto de rochas. Quando chegaram, Senghor pegou na mão de Marie e a ajudou a subir nos blocos gigantescos. Pacha e Joana os seguiram e, pouco depois, estavam todos no cume.

Já iam apontar a Marie o lado esquerdo — onde estavam as pedras que lhes interessavam —, quando Joana tapou a boca com a mão, abafando um grito.

O Senhor da Água

17. O homem da metralhadora

NINGUÉM ENTENDEU NADA!

Porque Joana, após ter abafado o grito, saltou para baixo, descendo as pedras aos pulos, sem dar tempo para ninguém reagir.

E o mais surpreendente: ao alcançar a areia, disparou como uma flecha de volta para casa. Não adiantou Pacha gritar "Joanaaa!". A pequena nem olhou para trás.

Sem dizer nada, Senghor tocou-se veloz para baixo. Confusas, Pacha e Marie também resolveram descer. Viram quando Senghor, meio quilômetro adiante, conseguiu alcançar Joana, segurando-a pelo braço.

Quando Pacha e Marie chegaram onde eles estavam, viram que a pequena chorava.

— Pombs, que que houve, Joana? Diga, por favor... — o amigo a consolava, carinhoso.

Marie a abraçou e, somente um tempo depois, a menina pareceu sair do choque.

— Sujou, eles me acharam! Me acharam!

— Quem? Quem te achou? — perguntou Pacha, acariciando os cabelos lisos e curtos da amiga e afastando a franjinha loira que grudara na testa.

— Vamos se mandar daqui, depois eu falo... — pediu a menina, olhando para trás, temerosa.

Começou a andar rápido e só quando estavam em frente à casa ela se sentiu segura e parou.

Engoliu em seco, respirou fundo e então contou:

— Quando a gente chegou lá em cima, olhei para as nossas pedras. Daí vi um cara com uma metranca e...

— Metranca? — interrompeu Marie.

— Metralhadora — esclareceu a menina. — Vocês não se tocaram porque ele tava mocozado atrás do "Dedo". Só de onde eu tava é que dava pra ver...

Mecanicamente, todos se voltaram na direção do conjunto de rochas. Mas, daquela distância, mal se via a ponta do "Dedo".

— O pior... — continuou Joana — o pior é que ele deu uma virada no rosto e eu reconheci ele!

A pequena, então, revelou que o homem era um matador de aluguel. Um sujeito que volta e meia aparecia na favela e que fazia "serviços" para o chefe do tráfico.

— Me acharam! — desesperou-se ela novamente, agarrando a mão de Pacha. — Ele veio aqui pra apagar a mãe e eu!

Joana estava em pânico.

O Senhor da Água

Mas Marie conseguiu acalmá-la. Disse que, se o pistoleiro estivesse ali na praia realmente com o objetivo de matá-las, não iria ficar de plantão ao lado de uma pedra. E sim atacaria diretamente a casa, um lugar fácil de entrar, onde até aquela manhã apenas ela e a mãe estavam.

— Foi uma coincidência, Joana — reforçou Senghor. — Ele nem sabe que você e a Edite estão aqui.

Embora tivesse tranquilizado a pequena, Marie estava extremamente preocupada. Aquela história toda de Mister "Bobich", dinamite, pedras misteriosas, bandido armado etc. estava tomando uma dimensão incontrolável.

Assim, quando entrou na casa, seguida dos jovens, já tinha tomado duas decisões. Primeira, chamar a polícia. Segunda, contar todo o caso a Edite e aos pais de Pacha.

Reunidos aos jovens na varanda, a pedido de Marie, os adultos ficaram desnorteados ao ouvi-la.

— *Por Dios*! — exclamou o pai de Pacha. — Temos todos que sair daqui imediatamente. Pacha, ajude sua mãe a arrumar as bagagens! — ordenou, severo.

— Minha Nossa Senhora! — apavorou-se Edite. — Vamos ter que fugir de novo?

Marie, no entanto, pediu que se acalmassem:

— Olhem, na verdade o problema não é exatamente esse. O que está acontecendo é que... bem... vocês sabem como é... a garotada gosta de fantasiar um pouco. Droga, eu mesma, na minha adolescência...

— A senhora tá querendo dizer que não acredita na gente? — cortou Senghor, com uma expressão decepcionada.

— Não... quer dizer, sim... *mon petit*... filho, por favor me desculpe — disse Marie, toda atrapalhada. — Olha, fiquei em pânico quando vocês contaram da explosão, da dinamite acesa, tudo aquilo. Mas agora há pouco, vendo a Joana... acho que entendi o que está acontecendo. A Joana está sob uma enorme pressão, gente! E nesses casos é muito comum imaginar coisas. A Pacha e você, filho, de certo modo também estão sob pressão. Como todos são jovens sensíveis e criativos... sua imaginação tem asas...

Edite e os pais de Pacha entenderam a colocação de Marie e respiraram aliviados. Mas os três amigos ficaram frustrados. Sem pronunciar uma palavra, cabisbaixos, deram alguns passos em direção ao jardim.

— *Escuche*... aonde é que você vai? — cobrou a mãe de Pacha.

A garota mirou os outros dois, que, sem saber o que responder, sacudiram os ombros.

— Acho que... acho que vamos tomar um banho de mar... — improvisou ela.

Mas os jovens não chegaram a ir a lugar algum, pois naquele exato momento chegou a polícia.

O Senhor da Água

18. Um famoso cientista

O DELEGADO — que chefiava o posto policial do povoado e com quem Marie conversara ao telefone, tão logo chegara — entrou na casa conduzido por Edite, que fora atender a porta.

Saiu à varanda e depois de resmungar um cumprimento a todos, informou:

— Estivemos lá e não vimos nenhum elemento armado no local — disse, sem esconder um certo mau humor. — Quem é que visualizou o elemento?

Marie ia responder, mas Joana se antecipou:

— Eu. Fui eu que vi o elemento bem-visto, com meus dois olhos aqui, tá ligado? E ele tava berrado com uma metranca — falou a pequena, desafiando o descrédito do homem. E, sem esconder um certo tom travesso, completou, usando um jargão da polícia: — Positivo e operante!

O delegado a observou, provavelmente surpreso com a linguagem. Ia comentar alguma coisa, mas Marie o interrompeu:

— E a pedra dinamitada? O que o senhor nos diz sobre ela?

— Infelizmente, a rocha contendo inscrições rupestres encontra-se efetivamente danificada...

— Viu, mãe? — interrompeu Senghor.

— Mas tudo indica... — prosseguiu o delegado, olhando irritado para o garoto. E repetiu: — Tudo indica que a ocorrência é de longa data.

— Mas... — ia argumentar Pacha, porém seus pais, fazendo um gesto, pediram que ficasse calada.

— E o sinal de fogo que ficou lá, no lugar do estouro, também é de longa data? — insistiu Senghor.

— Aquilo? — disse o policial, com um tom de menosprezo. — Ora, rapaz, você é novo aqui e não sabe... mas no verão passado apareceram uns visitantes, uns turistas, que fizeram churrasco sobre as pedras. Até tive que coibir os elementos — afirmou, vaidoso.

— Mas a gente viu o Mister...

— Ah, então já tiveram oportunidade de conhecer Mister Rubbish?

— Como é que é o nome dele?! — perguntaram Pacha e Senghor, quase ao mesmo tempo, olhando divertidos para Joana.

— George Rubbish.

— Ah, bom, a gente pensou que era "Bobi...".

— Pô, querem parar? — a pequena, zangada, fez uma careta para os dois. Senghor e Pacha, que até ali estavam se segurando, caíram na gargalhada.

O delegado contou então que Mister George Rubbish era cientista.

O Senhor da Água

— Um eminente homem da ciência. Que depois de morar vários anos no Rio de Janeiro, hoje nos dá a honra de habitar nossa modesta praia — afirmou, ignorando a brincadeira que os dois jovens faziam com Joana.

— Famoso cientista? — indagou Marie, interessada.

— Muito famoso — reforçou o delegado. — Mas nem por isso menos simpático e generoso. Tão logo se mudou para cá doou vultosos recursos para os programas sociais da Prefeitura. E presenteou o nosso posto policial com uma viatura novinha em folha.

Disse isso e mostrando que, para ele, o caso estava encerrado, despediu-se, deixando a casa sem dar margem a nenhuma outra pergunta.

Tão logo viu o homem pelas costas, Senghor dirigiu-se à mãe:

— A senhora acreditou nele?

Marie não respondeu. Ficou uns instantes em silêncio, com uma expressão enigmática. Em seguida, porém, sorriu.

— Continuo achando que vocês viajaram na maionese. Mas agora, depois de ouvir o delegado, tenho que confessar uma coisa...

— Que coisa? — interrompeu o filho, ansioso.

— Que agora fiquei curiosa, mas muito curiosa mesmo, para ver a tal pedra dos desenhos...

— Valeu! — animou-se Joana, desfazendo a cara enferruscada com que ficara após a gozação dos amigos.

Naquela mesma tarde, tão logo o sol baixou um pouco, Marie — acompanhada pelos três jovens — dirigiu-se ao "Dedo".

Em silêncio, começou a observar atentamente os fragmentos dos desenhos na pedra despedaçada. E depois de aproximadamente dez minutos de análise, em total mudez — que para Pacha, Joana e Senghor pareceram um século —, finalmente falou:

— Essas inscrições são realmente interessantes...

— A gente não disse? — vibrou Senghor, cheio de razão.

— Eu afirmei apenas que são "interessantes" — advertiu Marie. — Não sei se são autênticas e nem se são importantes, do ponto de vista arqueológico. Entendo muito pouco de inscrições rupestres, mas posso chamar um amigo que...

— Valeu! — comemorou Joana, sem deixá-la terminar.

19. Um relógio solar?

A VISITA DE MARIE, porém, ainda não tinha terminado.

Ela soube disso quando se viu praticamente empurrada, pelos três jovens, em direção à pedra do "Dedo", a pouca distância da outra.

— Olha só a sombra dela — disse Pacha, chamando sua atenção.

Marie vistoriou cuidadosamente a misteriosa rocha. Andou em torno dela, primeiro observando cada lado e cada ângulo. Dedicou-se depois à sombra, surpreendendo os três ao examinar alternadamente a posição do sol e o seu relógio de pulso.

Até que, enfim, disse satisfeita:

— Posso estar redondamente enganada, mas acho que temos algo aqui.

— Sério?! — gritou Senghor.

— Legal! — comemoraram Pacha e Joana, batendo as palmas das mãos entre si.

— Calma — recomendou Marie. — Eu já disse que meus conhecimentos são superficiais. Mas sem dúvida essa pedra do "Dedo" é bem intrigante. Lembra muito os relógios solares dos antigos povos do Brasil.

— Relógio solar? É ruim, hein... — estranhou Joana.

— Eu conheço, lá no Peru tem um monte. Mas são diferentes — comentou Pacha.

— Praticamente em todos os lugares do mundo havia relógios solares e... — começou a explicar Marie.

Mas Senghor estava ansioso.

— E a senhora acha que...

— Vamos combinar uma coisa: por enquanto, ninguém "acha" nada, certo? — pediu ela. — Tanto a pedra desenhada quanto o "Dedo" são muito interessantes, mas precisamos da palavra de um especialista.

Informou, então, que chamaria um amigo, professor da Universidade, para dar uma olhada nas pedras.

— Ele se chama Ronei. E é arqueoastrônomo.

— Arqueoas... pô! — engasgou Joana, fazendo uma careta.

— Significa que ele é arqueólogo e astrônomo. Não morde — afirmou Marie, rindo.

Ao voltarem para casa, a primeira coisa que fizeram foi insistir que ela telefonasse para o professor Ronei. Embora estivesse de férias, ele aceitou o chamado da amiga e disse que iria até a praia no dia seguinte.

Foi uma longa noite. A expectativa fez com que Senghor, Joana e Pacha mal conseguissem pregar os olhos.

O Senhor da Água

No outro dia, Joana despertou mais cedo do que de costume para comprar o pão. Também ansiosa, Pacha ajudou Edite a arrumar a mesa, e Senghor acordou a mãe.

Como a pequena demorava a voltar e estava quase na hora de o professor Ronei chegar, começaram a tomar o café da manhã sem pão mesmo.

Minutos depois Joana entrou. Estava esbaforida, atrapalhada. Tropeçou no pé da cadeira e o pacote de pão voou, deu uma pirueta e quase mergulhou na grande tigela de iogurte que estava no centro da mesa.

A princípio ninguém estranhou aquilo, pensando que a menina estava agitada em função da visita do professor. No entanto, foi só ela se sentar à frente dos amigos, no outro lado da mesa, para eles perceberem que algo tinha acontecido.

Porque Joana começou a fazer gestos. Disfarçando para Marie não notar, entre um gole e outro de café a pequena fazia caretas, trejeitos, movimentos com os olhos.

Senghor e Pacha tentavam compreender os sinais, quando o telefone tocou. Momentos depois Edite entrava na sala e se dirigia a Marie:

— Seu amigo, o professor, disse que infelizmente não vai poder vir hoje. Pediu desculpas, mas falou que chegaram uns parentes que ele não tava esperando. Disse que vem depois de amanhã, sem falta.

Senghor e Pacha se miraram, frustrados.

Joana, porém, não se mostrou nem um pouco triste. Inexplicavelmente sorriu, levantou-se e convidou os outros dois:

— E aí? Vai rolar um banho de mar?

Naquele momento a família peruana entrou na sala, empurrando o carrinho da nenê.

— *Buenos días* — cumprimentou a mãe de Pacha. E olhou para os jovens: — Acho melhor vocês esperarem meia hora para entrar na água. Pode dar congestão...

Precisamente meia hora depois, os três amigos mergulhavam no azul caribenho do mar de Florianópolis. Mas Joana estava indócil. Nem bem pulou a primeira onda, pediu que os outros se aproximassem.

— Agora tá limpo, ninguém tá ouvindo — disse ela, olhando para os lados. — A mulher da padaria me bateu que o Mister foi viajar. Daí eu peguei e fui dar uma geral na casa. Por isso que eu demorei...

— O quê?! — reagiu Pacha, sem acreditar no que estava ouvindo.

O Senhor da Água

20. Ossadas na cova do leão

UMA "GERAL" NA CASA DO MISTER!

Pacha estava boquiaberta e Senghor, também pasmo, não conseguia dizer nada.

— Uma geralzinha só, compadres, que que tem, pô? — defendeu-se a pequena, com a cara mais inocente do mundo. — Dei a volta no muro todo e sabe o que que eu vi? Que tem um jeito de entrar lá dentro sem ninguém ver!

— *Taita*! Você tá doi... grumpsktofps... — uma onda pegou Pacha pelas costas, ela escorregou, o biquíni subiu para o pescoço e uma das tranças veio parar dentro da sua boca.

Senghor a ajudou a livrar-se da confusão, mas não pôde segurar a gargalhada. Na verdade, nenhum dos três conseguia parar de rir.

Subitamente, porém, Senghor ficou sério e encarou Joana, preocupado.

— Deixa ver se eu entendi: você tá querendo que a gente invada a casa do Mister? É isso?

— Demorou. É a chance da gente descobrir alguma coisa. Ele tá dando o maior mole...

— Não interessa, é perigoso do mesmo jeito. Escute o que eu tô te falando: a cova de um leão sempre tem ossadas.

— O provérbio do Senghor tá certo — disse Pacha, com um olho em Joana e outro nas ondas.

— Mas é a maior limpeza! — insistiu a pequena, afastando a franjinha molhada que entrara em suas vistas.

E explicou que uma parte do muro ficava num beco vazio, sem nada por perto. Contou que ali o muro tinha uma abertura, um gavetão de metal onde eram entregues "trocentas" mercadorias para a casa: compras de supermercado, verduras frescas, peixe trazido pelos pescadores do povoado, ferramentas, botijão de gás. Segundo ela descobrira, Mister Rubbish não permitia que os entregadores entrassem na propriedade.

— Pô, compadres! — teimou. — Dez minutos. Vamos combinar assim: a gente entra e só fica dez minutos.

— Dez minutos... — repetiu Pacha, matutando.

Senghor também ficou uns instantes pensativo. Depois observou as amigas e percebeu que, se dissesse "não", seria voto vencido.

— Feito! — gritou ele, antes de ser também enrolado por uma onda, que, para divertimento das meninas, o jogou na beira da praia inteiramente coberto de areia, como um peixe à milanesa.

A expedição secreta à casa de Mister Rubbish foi combinada para depois do almoço. Mas acabou não dando certo,

O Senhor da Água

pois Marie insistiu em levar todos em um passeio a uma outra praia. Ela queria comprar uma renda típica da ilha, feita pela mulher de um pescador.

— Pombs, mãe, renda tem num monte de lugar em Florianópolis — disse Senghor, tentando fazê-la desistir.

— Não igual a essa. É um tipo de renda que está em extinção — rebateu a mãe, sorrindo para os pais de Pacha, que estavam adorando a ideia do passeio. — Além disso, a paisagem de lá é fantástica.

— É ruim, hein. Bem hoje... — resmungou Joana.

Assim que os adultos se afastaram, para se prepararem para sair, Pacha e Senghor tranquilizaram Joana, dizendo que a expedição aconteceria amanhã cedo, sem falta.

E assim foi feito: no dia seguinte, tão logo Edite recolheu as xícaras do café, Pacha, Joana e Senghor saíram tão rápido que não deram chance de ninguém lhes perguntar aonde iam.

Seguindo a pequena, caminharam até o beco que ela descobrira. Realmente era uma viela isolada, sem nenhum morador por perto.

Logo localizaram o gavetão encaixado no muro. Conferiram o tamanho. Não era muito grande. Será que dava para passar?

Senghor, que gostava de sentir-se o protetor das meninas, ofereceu-se para ir na frente. Com suas pernas compridas, quase entalou. Mas, torcendo-se todo, conseguiu passar. Ufa!

Depois foi a vez de Pacha.

— Será que não tem mesmo ninguém na casa? — hesitou.

Joana balançou vigorosamente a cabeça e, sapeca, empurrou a amiga gavetão adentro. A pequena, na sua vez, passou sem a menor dificuldade.

— Não falei que era o maior mole? — comentou, ao saltar para dentro da propriedade.

Os outros, porém, não estavam tão seguros. Olharam em torno. A área, enorme, era cheia de árvores. Na verdade, o bosque era tão espesso que a princípio os jovens não conseguiram ver nada.

Mas, como não tinham ido até ali para ficar parados, decidiram penetrar logo no arvoredo.

21. Um lugar fantasma

NEM BEM OS TRÊS AMIGOS TINHAM DADO OS PRIMEIROS PASSOS dentro do bosque, escutaram latidos de cachorros.

— Ih, sujou! — exclamou Joana, estacando.

Senghor e Pacha também pararam. O gavetão estava perto, ainda dava tempo de fugir.

Mas não aconteceu nada. Alguns instantes se passaram e nenhum cão apareceu.

— Maior vacilo... — disse Joana de repente, dando um tapinha na testa. — Tá limpo, essa cachorrada não é daqui. Na outra rua, lá na frente, tem um canil de um argentino.

Alívio. Resolveram prosseguir.

Andaram mais de trinta metros pelo meio das árvores até que, enfim, enxergaram a casa de Mister Rubbish. Na verdade, dizer casa era dizer pouco. O que estava à frente da garotada era uma gigantesca mansão, toda branca, com colunas gregas na parte frontal.

À direita, uns cinquenta metros adiante, os jovens identificaram o heliporto. Curiosos, seguiram até lá. Ao lado do quadrado de cimento utilizado pelo helicóptero, instalações dignas de um clube: piscina, quadra de tênis, quadra de basquete, vestiários, sauna.

Só que aquilo tudo parecia um lugar fantasma. Sem uma vivalma. E com um silêncio absoluto, só rompido uma vez ou outra pelo pio de alguma ave ou pelos latidos, agora raros e distantes, dos cachorros do canil.

Estavam deslumbrados, mas lembraram que só tinham dez minutos. Decidiram deixar o heliporto e voltar à mansão.

— Muito bem. E agora, o que é que a gente faz, dona Joana Sabe-Tudo? — brincou Senghor, ao pararem em frente à porta principal. Obviamente, nenhum deles sequer sonhava em entrar no casarão. No fundo, no fundo, todos sabiam que aquela expedição não passava de um divertimento. De uma espécie de "brincadeira de detetive".

Porque, pensando bem, não havia nada contra o Mister. Está certo, ele tinha construído um muro altíssimo, tinha uma vida reservada, em sua casa havia movimento de helicóptero, ele estivera ao lado da pedra dinamitada, e Joana pensara ter visto um pistoleiro no "Dedo". Mas e daí? O delegado devia estar com a razão: o homem era um famoso cientista. E pronto.

— Faz assim, compadre — respondeu a menina a Senghor. E logo começou a rir, a fazer micagens e a girar bem lentamente a maçaneta como se, por um toque de mágica, pudesse abrir a porta quando bem entendesse. Os outros dois assobiavam, aplaudiam.

O Senhor da Água

— Vai, Joana! Você consegue, Joana!

Foi então que todos ouviram. Clic!

A algazarra parou no mesmo instante. E seis olhos assustadíssimos pousaram sobre a lingueta da fechadura. A mansão estava aberta!

— Valeu! — vibrou Joana. E no mesmo instante empurrou a porta.

Senghor segurou o seu braço.

— E se a empregada estiver...

Não foi ouvido. A menina desvencilhou-se do amigo e entrou na casa, radiante. Pacha a seguiu. Deu alguns passos, colocou as mãos na cintura e se virou para Senghor, parado na porta.

— E aí? Vem ou não vem?

Ele foi, não havia outro jeito.

Partindo do saguão de entrada, duas escadas em curva levavam ao primeiro andar. Decidiram subir.

Pé ante pé, parando a certos intervalos para se assegurarem de que realmente não havia ninguém, chegaram em cima.

Depararam-se com um longo corredor e, nele, diversas portas, tanto no lado direito quanto no esquerdo. Mas uma delas lhes chamou a atenção. Era uma porta grande, dupla.

Os três consultaram-se em silêncio. Joana indicou a porta grande com o queixo. Os outros concordaram, com a cabeça, e cuidadosamente dirigiram-se a ela.

Dessa vez foi Pacha quem tomou a iniciativa. Colocou a mão sobre a maçaneta, girou-a bem devagar, abriu a porta e...

— *Taita!*

22. Como num filme

"*TAITA!*" A surpresa de Pacha tinha um motivo bem justificado.

Um cenário impressionante se revelava aos três amigos: um salão gigantesco, todo ele tomado por terminais de computador, aparelhos eletrônicos variados, dezenas de mesas, cadeiras e dois imensos telões.

Os telões, que tomavam uma parede inteira, projetavam mapas. Num deles estava o mapa-múndi, com círculos de luz vermelha piscando em todos os continentes.

No outro aparecia o mapa da América do Sul, com uma extensa "mancha" de luz azul em vários países, principalmente no Brasil.

Senghor, Joana e Pacha estavam boquiabertos!

— Pombs... — murmurou o garoto, caminhando lentamente pelo enorme salão. — Isso aqui tá parecendo aquelas instalações da NASA que a gente vê nos filmes...

— Tá na cara que o Mister não trabalha sozinho — afirmou Pacha, observando a quantidade de mesas, cadeiras, computadores e outras aparelhagens.

Senghor aproximou-se dos telões. Sentiu-se um anão perto de seu tamanho.

— O que será que significam essas bolas vermelhas e essa "mancha" azul? — disse, observando os mapas.

— Pô, sei lá, o delegado bateu que o cara é cientista... — respondeu Joana. Depois do impacto inicial, a pequena estava agora visivelmente decepcionada. — Pisamos na bola. O que é que tudo isto tem a ver com a explosão da pedra? Nada!

Em seguida, checou com Senghor:

— Quanto falta?

— Tá quase na hora — respondeu ele, conferindo o relógio de pulso.

— Vamos se mandando? — sugeriu a menina, voltando-se para a porta. — Aqui não rola coisa nenhuma.

Senghor já ia acompanhá-la, quando ouviu Pacha gritar:

— *Acá!* Aqui! Vejam!

Senghor e Joana olharam na direção da amiga.

Pacha apontava algo numa grande mesa redonda, colocada num lugar de destaque no salão, a qual ela estivera inspecionando.

Os outros se aproximaram.

Em cima da mesa, ao lado de papéis e mapas, estava um CD.

— Vejam! — repetiu Pacha, tomando o CD nas mãos e lendo. — Tá escrito *"Principal Project* 18-5-20-1-23-6-15-18-9--19-5-8-20". É um Projeto Principal! Com este CD, podemos saber muita coisa sobre o Mister — entusiasmou-se.

— Demorou. Pegue logo ele e vamos se mandar — disse Joana, apressada.

— Não! Deixe onde está! — advertiu Senghor. — Ninguém pode saber que estivemos aqui.

Pacha, então, localizou rápido uma caneta e um pedaço de papel em cima da mesa e anotou a lista de números.

— Dez minutos! — gritou Senghor.

Guardando o papel no bolso da bermuda, Pacha voou com os amigos escada abaixo, atravessando como um raio a porta principal, que tinham deixado escancarada.

Bem a tempo!

Pois, ao cruzarem o batente, um alarme começara a tocar. E eles viram ao longe, meio escondido pelas árvores, um homem armado que se aproximava com pressa. Joana não identificou se era o matador de aluguel. Naquela situação, isso pouco interessava.

Dispararam rumo ao gavetão. Apesar do afobamento, conseguiram passar rapidamente através dele. Inclusive Senghor, que, parecendo um contorcionista, deus-sabe-como, dobrou as pernas compridas até as orelhas, empurrou o corpo para trás e caiu de costas no lado de fora. Numa posição ridícula. Mas sem um único arranhão.

O Senhor da Água

23. O código secreto

— TÁ NA CARA QUE ISSO AÍ É UM CÓDIGO — opinou Senghor, indicando o pedaço de papel onde Pacha anotara a série de números do CD.

Ao chegar da expedição, os jovens tinham se trancado no quarto do amigo com a desculpa de assistir a um vídeo do irmão dele jogando futebol no Senegal, até o almoço sair.

Sentados em torno da escrivaninha do quarto, os três analisavam a anotação.

— Também acho que é um código. Mas, *Taita*, o que que ele significa? — Pacha pensou em voz alta.

— No cinema, a primeira coisa que os caras fazem é trocar os números por letras — lembrou Senghor.

— Falou! — animou-se Joana, mexendo-se na cadeira.

Pacha também se entusiasmou.

— Por favor, arrume papel e caneta — pediu ao amigo.

Tão logo ele a atendeu, Pacha listou as letras do alfabeto com um número ao lado: a = 1, b = 2 e assim por diante.

Em seguida, ajudada por Joana e Senghor, ela foi identificando:

— O primeiro número da lista é 18. E 18 corresponde à letra "r". O segundo é 5. E 5 corresponde à letra "e"...

Minutos depois os jovens tinham diante de si a palavra "r-e-t-a-w-f-o-r-i-s-e-h-t". Na verdade, na verdade mesmo, aquilo não era uma palavra e sim um amontoado de letras. Decepção total.

— É ruim, hein... — reclamou Joana.

— Calma, porque a gente ainda... — ia prosseguir Pacha, mas nisso ouviu-se uma batida na porta e a voz de Edite:

— O almoço tá na mesa!

Tão logo começaram a comer, Marie olhou para os três e indagou, séria:

— Por acaso vocês sabem mais alguma coisa sobre esse Mister Rubbish que não me contaram?

Os pais de Pacha levantaram os olhos dos pratos e também os encararam.

Os três gelaram! Será que eles tinham descoberto tudo?

Senghor quase engasgou com a comida. Mas tentou parecer o mais natural possível. Serviu-se de mais um pouco de salada e devolveu a pergunta:

— Por quê, mãe?

— Porque eu fiquei curiosa quando o delegado falou que ele é um cientista famoso. Daí, agora cedo, telefonei para uma colega que está fazendo plantão de férias na biblioteca do departamento. Pedi para ela checar. Acabou de me ligar

O Senhor da Água

dizendo que olhou livros, catálogos, etcetera. E que existem vários George Rubbish. Inclusive alguns cientistas. Tinha até um, que ela achou na internet, que pouco tempo atrás foi acusado injustamente de estar envolvido nuns desastres ecológicos em rios subterrâneos na África e na Ásia. Mas não deve ser a mesma pessoa...

— Não. Claro que não — concordou Senghor, sem prestar atenção no que dizia. Na verdade, ele pensava em outra coisa. Estava aliviado: os adultos não sabiam da "brincadeira de detetive".

— Não deve ser a mesma pessoa — repetiu Marie, continuando seu raciocínio. — Porque o "nosso" Mister Rubbish, segundo o delegado, mora há alguns anos no Brasil. Ele inclusive deve falar bem o português, não é mesmo?

— Fala... quer dizer... não sei... — respondeu Joana, confusa. — Quando ele viu a gente, só gritava *"out"*, *"out"*. Mas uma noite ele ligou pra padaria encomendando sanduíches e a mulher me bateu que ele fala misturado. Português e inglês.

Ao ouvir aquilo, Pacha arregalou os olhos. "Fala inglês! Claro! Como somos burros! O código deve estar escrito em inglês!"

Imediatamente a garota fez um sinal para os amigos, que perceberam que ela queria lhes dizer alguma coisa. Engoliram o resto do almoço com pressa. Sequer esperaram pela sobremesa.

24. Uma palavra no dicionário...

AO VER-SE DE NOVO NO QUARTO com os outros, Pacha expôs sua nova ideia. O código devia estar em inglês. Lógico!

Mas na casa da praia não havia dicionário.

— É ruim, hein... — murmurou Joana, coçando a cabeça.

Senghor, porém, logo achou a solução. Trouxe o telefone, que estava na sala, e ligou para um colega da escola, que era muito legal. Pediu que ele acessasse a internet no seu computador e procurasse "retawforiseht".

O colega concordou. Foi o que bastou para que os três se amontoassem em torno do aparelho, torcendo para que o menino encontrasse a palavra.

Mas a animação durou pouco. O colega vasculhou diversos dicionários de inglês na rede e, depois de uns longos quinze minutos, lhes informou que a palavra não existia.

Chateados, Pacha e Senghor levantaram-se, andaram a esmo pelo quarto e acabaram com os cotovelos apoiados na

O Senhor da Água

janela, mudos. Mas Joana ficou sentada à escrivaninha, ao lado do telefone, com a mão segurando o queixo.

Subitamente a pequena virou-se para os amigos.

— Podem vaiar se for vacilo, mas é o seguinte: e se as letras estiverem ao contrário, hein?

Pacha nem pensou muito. Abriu um sorriso de orelha a orelha e veio até onde a amiga estava.

— Valeu, Joana! Isso também sempre acontece nos filmes! Letras invertidas!

No mesmo instante pegou o papel onde tinha escrito "retawforiseht" e fez a leitura ao contrário.

— Thesirofwater.

— Fiquei na mesma — queixou-se a pequena, desapontada.

Mas Senghor já voava da janela em direção às amigas.

— Pombs, deixa eu ver — pediu ele a Pacha, quase arrancando o papel de suas mãos. — Vamos juntar as letras em grupos pra ver se formam palavras?

— "The" é uma palavra! — gritou Pacha, depois de um momento.

— "Sir" é outra! — gritou também Senghor.

— "The Sir of Water!" — berraram os dois, juntos.

— Valeu, Joana! — comemorou Pacha, abraçando a amiga.

— "O Senhor da Água"! — vibrou também Senghor, abraçando as duas meninas ao mesmo tempo, com seus braços compridos. — "Projeto Principal O Senhor da Água"! Conseguimos!

Mas no dia seguinte, passada a animação, Joana, Pacha e Senghor compreenderam que, na verdade, a decifração do código não representara nada.

Continuavam sem saber o que era o tal "Projeto Principal O Senhor da Água". Assim como continuavam sem saber se o Mister explodira a pedra. Uma coisa tinha a ver com a outra? Ou estavam "viajando na maionese", como dissera Marie?

Por tudo isso, para os três amigos, o professor Ronei era agora a última esperança. Assim, não disfarçaram o contentamento quando o viram entrar na casa, naquela manhã, como tinha prometido.

— O senhor vai dar uma geral no "Dedo" agora, não vai? — cobrou Joana, ansiosa, praticamente empurrando-o até a varanda, onde estava Marie.

O professor sorriu.

— Agora não. Já! — respondeu, brincalhão, percebendo que os jovens estavam doidos de expectativa.

Os amigos gostaram do jeito dele. Era um senhor de mais de sessenta anos, de óculos, barba e cabelos grisalhos, baixo e gorducho. Mas não aparentava a idade porque seus movimentos eram ágeis e ele usava tênis, mochila e um boné com a aba para trás, como um garoto.

O arqueoastrônomo cumprimentou Marie e, minutos depois, já acompanhava a colega e os três amigos rumo ao tão falado "Dedo". Ao chegarem ao pé das rochas, Senghor pediu que parassem.

— Deixa eu subir primeiro, pra ver se tá tudo legal...

É que ele lembrara que, embora o Mister estivesse viajando, um homem armado ficara na casa. Não dava para arriscar.

Marie, em pânico, gritou "não!", lembrando-se da banana de dinamite que ele atirara no mar, mas não houve tempo. Quando ela berrou, o filho já saltara para cima. E em poucos instantes aparecia no alto, acenando:

— Podem vir!

O professor Ronei, apesar da idade, não teve qualquer dificuldade para alcançar o topo. A primeira coisa que viu foi a pedra dinamitada. Com uma expressão triste, balançou diversas vezes a cabeça.

— Lamentável... lamentável...

Depois disso não falou mais nada. Sério e absolutamente mudo, começou a trabalhar.

25. Que dia é hoje?

EM TOTAL SILÊNCIO, o professor Ronei retirou vários instrumentos da mochila. E durante duas longas horas estudou cuidadosamente os desenhos da pedra despedaçada. E também a outra, a do "Dedo", que fazia aquela sombra tão curiosa.

Observou as rochas com lupa, agachou, levantou, anotou, mediu, usou instrumentos — como um GPS, que conferiu em diversas direções. Registrou a posição do Sol, fez cálculos, mediu de novo, calculou novamente.

Marie estava sossegada, até aproveitou o tempo para dar alguns mergulhos lá de cima. Mas para Senghor, Joana e Pacha — que ficaram disciplinadamente sentados, com os olhos grudados em Ronei —, aquilo parecia não ter mais fim.

Até que, num dado momento, o professor parou. Sorriu para a garotada e indagou:

— Hoje é vinte de dezembro, não é verdade?

Ao ouvir a resposta positiva, Ronei deu um suspiro.

— Era o que eu pensava.

E a seguir emendou, arrumando a mochila:

— Que tal, vamos indo?

— É ruim, hein — reagiu Joana, inconformada. — O senhor não vai bater nada pra gente?

Marie riu, divertida.

— Desculpe, Ronei, a Joana é fogo. Mas vou te dizer uma coisa: eu também estou morrendo de curiosidade...

O professor no entanto se desculpou, simpático:

— Olhem, neste momento eu ainda não posso dizer nada. Mas à tarde eu venho com uma outra pessoa. E aí, quem sabe, matamos a charada.

— Falando sério? — cobrou Joana.

Ronei passou a mão na cabeça da pequena, carinhoso.

— Seríssimo.

Como as horas custaram a passar...

Às três da tarde os jovens já estavam indóceis, andando de lá para cá na varanda, como bichos enjaulados. Até que meia hora depois, ufa!, o professor finalmente chegou.

E chegou efetivamente acompanhado.

Mas, quando os três viram aquela "outra pessoa" a quem o professor se referira, não conseguiram acreditar.

Era um índio! Um índio verdadeiro, de carne e osso. Um homem bem velhinho. Estava metido numa camiseta e numa bermuda enormes, provavelmente emprestadas por Ronei, que dançavam em seu corpo magro, de tão folgadas.

Seus cabelos eram brancos e compridos e estavam presos por tiras de cipó que davam voltas na cabeça, passando no meio da testa. Usava dois colares feitos com sementes acinzentadas e marrons. Numa das mãos trazia um cachimbo rústico, de pau, e na outra um maracá.

— Este é Abaeteí, grande pajé da tribo guarani — disse Ronei. Parecia não notar a cara de espanto da garotada, como se fosse a coisa mais natural do mundo ir na casa de alguém e, de supetão, apresentar um pajé.

— Salve! — cumprimentou o velhinho, mirando um a um, com olhar doce.

Marie, Edite e os pais de Pacha responderam ao cumprimento. Mas os três amigos estavam totalmente embasbacados. Não conseguiram sequer abrir a boca.

O ancião sorriu.

— Curumim estar assustado? — indagou, compreensivo.

— Pombs, na... não... imagina — gaguejou Senghor, sem jeito.

— Então curumim querer levar Abaeteí ver pedra?

Não precisou convidar duas vezes. Joana agarrou a mão do velho índio e o puxou, sem reparar que agia como se fosse uma menininha de poucos anos de idade.

— Demorou, seu pajé.

Pacha e Senghor se cutucaram e riram. Joana fazia umas coisas...

O Senhor da Água

26. Então é aqui!

O GRUPO SE DIRIGIU PARA O "DEDO".

Acompanhado pelo professor Ronei e conduzido por Joana, agarrada à sua mão como um carrapato, o velho índio seguiu na frente.

Alguns metros atrás iam Marie, Senghor, Pacha e seus pais. Pela primeira vez, desde que o caso começara, o casal peruano acompanhava o grupo. O interesse demonstrado por Marie e pelo professor Ronei e a inesperada presença daquele índio aguçaram a sua curiosidade. Como Edite se oferecera para ficar com o bebê, não havia por que não ir.

— Que será que significa Abaeteí? — disse Pacha, indicando o ancião indígena, lá adiante, com o queixo.

— Não sei, mas eu já ouvi falar muito desse senhor — comentou Marie.

— Sério? — indagou Senghor, interessado.

— É. Alguns colegas lá da Antropologia conhecem ele. Dizem que os guaranis o respeitam muito. Ele é uma figura meio lendária, sabiam?

— Como assim? — perguntou Pacha.

— Os guaranis falam que existiu, muitos séculos atrás, um pajé muito sábio e bondoso que se chamava Abaetê. Diziam que ele nunca morreria. Daí, há poucos anos, o velho Abaeteí apareceu aqui numa aldeia perto de Florianópolis.

— Esse mesmo *señor* Abaeteí? — quis saber o pai de Pacha.

— Esse mesmo. Apareceu e ninguém na aldeia sabe de onde ele veio. Surgiu do nada. Ele só disse ser muito velho e mal conhecer a língua portuguesa.

— Ele fala esquisito mesmo... — concordou Senghor.

— Com o passar do tempo — continuou Marie —, Abaeteí mostrou ser um pajé maravilhoso, de grande sabedoria. E até hoje continua lendário...

Impressionados, Senghor e Pacha fixaram a vista no velho indígena que andava adiante, ainda ciceroneado pela mão de Joana.

Como se tivesse adivinhado que os dois jovens o observavam pelas costas, subitamente o ancião se virou e sorriu. E mais, deu-lhes um tchauzinho e gritou:

— Depois mim contar o que ser nome Abaeteí.

"*Taita!*", pensou Pacha, embasbacada. "Ele lê pensamento!"

O velho índio escalou as rochas com uma facilidade impressionante. Parecia uma criança.

Chegando já em cima, os três amigos e o professor Ronei apontaram as duas pedras que eram o centro do interesse de todos. O ancião agradeceu. E passou os olhos sobre cada detalhe do local. Então, educadamente, pediu silêncio:

O Senhor da Água

— Agora pedir favor. Muito quietos ficar.

Admirados e respeitosos, todos viram então o pajé acender o cachimbo e, envolvido na fumaça azul de cheiro forte, começar a tocar o maracá.

A figura daquele ancião indígena, em pé no alto das rochas, era impressionante.

Muito concentrado, como se tivesse se desligado da presença do grupo a seu lado, o velhinho serenamente começou a fixar a vista sobre cada um dos desenhos da rocha explodida.

Não se sabe quanto tempo se passou, pois parecia que as pessoas tinham perdido a noção da realidade. Só quando, num certo instante, o maracá soou mais alto é que Senghor verificou seu relógio e viu que já fazia mais de meia hora que estavam ali. Não sentira. Mirou o grupo. Estavam todos estáticos, olhando hipnotizados para o velho índio.

Um instante depois, houve como que um tremor no corpo do pajé e o maracá soou mais alto ainda. Seu olhar tornou-se terno, amoroso. Senghor cutucou as duas meninas e os três poderiam jurar que viram uma lágrima escorrendo no rosto daquele velho homem, que parecia um santo.

Ainda concentrado, em silêncio, o pajé lentamente dirigiu-se à pedra do "Dedo". Examinou-a com muito cuidado por um longo tempo. Em seguida, seus olhos pousaram sobre a sombra do dedo.

Então, de súbito, sem que ninguém esperasse, o pajé ficou lívido. As garotas, Senghor, seus pais e o professor viram o momento exato em que o cachimbo e o maracá escaparam de suas mãos. E também quando ele caiu de joelhos ao pé da pedra, levantando os dois braços em direção ao céu e bradando:

— Meu pai! Então ser aqui! Ser aqui... lugar sagrado... meu pai... muita água... Aqui, Senhor da Água!

Senghor, Pacha e Joana, completamente atônitos, olharam-se entre si. Senhor da Água?! Tinham ouvido bem? O velho índio dissera mesmo aquilo?

27. Os curumins buscam a verdade

O GRANDE PAJÉ ABAETEÍ continuou ajoelhado por mais alguns momentos.

Quando se levantou, seu rosto mostrava tanta emoção que os três amigos desistiram de fazer a pergunta que estava na ponta da língua deles.

Além disso, o velhinho não deu tempo a ninguém. Afirmou, misterioso, que ainda não "tinha ordem" de dizer nada. Gentilmente pediu desculpas e, no mesmo instante, rápido como uma flecha guarani, iniciou a descida em direção à areia.

— O senhor entendeu alguma coisa? — indagou Senghor a Ronei.

O professor balançou a cabeça.

— Não... sim... quer dizer... — murmurou, confuso.

— Por que que de manhã o senhor falou do dia vinte de dezembro? — lembrou Pacha, esperta.

— Eu... bem... eu esperava que o pajé confirmasse minha suspei...

Todo atrapalhado, Ronei não concluiu a frase e começou a descer, seguido pelos demais.

Os jovens estavam inconformados. Já iam voltar a questioná-lo, quando ele sorriu.

— Tenham calma...

A pedido do professor, ninguém correu atrás de Abaeteí, que já ia bem lá na frente, rapidíssimo. Acabaram todos caminhando ao lado de Ronei.

— Como é que o senhor conheceu ele, hein? — perguntou Joana ao professor, enquanto andavam pela longa faixa de areia.

— Uma das coisas que eu mais estudo é a astronomia indígena brasileira e aí...

— *Kama*... verdade? Astronomia dos índios *brasileños*? — surpreendeu-se o pai de Pacha.

— Sim. Todo mundo já ouviu falar da astronomia das grandes civilizações indígenas do México e dos incas do Peru — afirmou o professor. — Mas pouca gente sabe que os índios do Brasil também estudavam o céu. E ainda estudam. Foi daí que eu conheci o nosso querido Abaeteí. Ele tem me ensinado muita coisa...

Quando chegaram perto de casa, o pajé os esperava, acocorado na areia, observando a imensidão do mar. Pacha, Senghor e Joana imediatamente acomodaram-se a seu lado.

— Por que que o senhor falou de "Senhor da Água" lá nas pedras? — cobrou Senghor, sem disfarçar a ansiedade.

— É. Por quê? — reforçou Joana.

O Senhor da Água

Os três jovens esperavam a resposta com os olhos fixos no velhinho.

Mas ele não respondeu. Apenas olhou com ternura para eles.

— Curumim inteligente. Curumim procurar verdade... — disse, sorrindo. A seguir mirou Pacha. — Mas curumim querer saber também o que ser Abaeteí, então mim dizer.

"Ele leu meu pensamento mesmo!", constatou a garota, assombrada.

Porém, quando o ancião abriu a boca, foi interrompido pelo professor Ronei. Ele se aproximara, apressado, dizendo que já estava na hora de ir embora. Tinha que levar o pajé até a aldeia e esta ficava a mais de trinta quilômetros de Florianópolis.

— Fiquem sossegados... — sugeriu aos jovens, antes que pudessem dizer qualquer coisa.

Mas, parados na calçada, no momento da despedida, os três amigos continuavam frustrados. De Ronei, nenhuma palavra. E do pajé, também não tinham conseguido a explicação que mais queriam.

Ao entrar no carro, porém, o ancião os chamou à janela. Passou a mão na cabeça de cada um, com carinho, e deu-lhes uma piscadela divertida.

— Curumim querer saber tudo. Mas mim agora só poder dizer nome. Meu nome ser Abaeteí, "Verdadeiro Homem da Água" — falou ele.

Os três ficaram boquiabertos. O único que conseguiu reagir foi Senghor.

— O senhor disse... da Água?! Verdadeiro Homem da Água?!

O velhinho sorriu e balançou a cabeça. E mais não se disse porque justo naquele instante o professor Ronei ligou o motor e deu a partida.

28. Escapando pela noite

ASSIM QUE O CARRO DE RONEI SE FOI, Senghor fez um sinal para que as meninas o seguissem à varanda. O lugar estava vazio, pois Edite já se ocupava na cozinha preparando o jantar e os outros pais tinham ido tomar banho.

— É o seguinte: quem fica com a viúva deve ficar também com os filhos — afirmou ele, muito sério, tão logo as amigas se sentaram nas redes.

— Mais uma vez, não captei, mestre — riu Joana.

— Acho que quer dizer que quem pega uma responsabilidade deve ir até o fim — tentou interpretar Pacha. — É isso, Senghor?

— Quer dizer que temos que pegar aquele CD! — afirmou o garoto, concordando com a amiga. — E tem que ser hoje, porque senão o Mister volta e aí não dá mais.

Assim, após o jantar, enquanto os adultos conversavam tranquilamente na varanda, três pequenos vultos esgueiravam-se pela noite, depois de pularem a janela do quarto de Senghor.

Percorreram devagar o beco escuro e silencioso. Com a ajuda de uma lanterna surrupiada, antes da saída, de um caixote de utilidades guardado na despensa, Pacha, Joana e Senghor localizaram facilmente o gavetão da casa de Mister Rubbish.

Já iam atravessá-lo, quando se lembraram do homem armado.

— Tudo bem, eu já sei o que que a gente pode fazer — afirmou Senghor.

O garoto disse que entraria sozinho e iria até a porta da mansão. Se estivesse tudo bem, assobiaria e as duas meninas poderiam ir juntar-se a ele.

— Mas, se eu não assobiar daqui a cinco minutos, vocês duas correm pra casa e avisam os nossos pais — alertou.

— Beleza. Mas como que a gente vai saber se deu cinco minutos, compadre? Só você que usa relógio... — lembrou Joana.

— É mesmo... — o garoto parou para pensar.

Ia dizer alguma coisa, quando Pacha adiantou-se:

— Já sei! Eu e a Joana podemos contar. Contar até cem, quinhentos, mil, sei lá. Será que dá certo?

— Dá, dá, sim! — animou-se o garoto.

Ficou combinado, então, que as meninas contariam até trezentos. Dava certinho para os cinco minutos.

Senghor atravessou o gavetão. Como da outra vez, tinha dobrado as pernas até encostarem nas orelhas, se encolhido e jogado o corpo para trás. Quando ele caiu no lado de lá, as

O Senhor da Água

meninas ouviram o baque e, segurando a risada, começaram a contagem do lado de cá.

Um... dois... três... quando estavam no 296 escutaram o assobio. Num piscar de olhos, as duas passaram pela gaveta e entraram na propriedade. O amigo, como fora combinado, esperava-as na entrada da mansão.

— Rápido! — sussurrou ele. — O cara armado deve andar por aí...

— E se ele trancou a casa? — cochichou Pacha.

— Aí não rola nada. Dançamos — murmurou Joana.

Mas não. Exatamente como aconteceu na vez anterior, bastou girarem a maçaneta e a porta se abriu.

A luminosidade da lanterna era fraca, mas, como já conheciam o lugar, conseguiram subir a escadaria e chegar ao comprido corredor.

— Mas onde que tá a entrada da sala grande? — sussurrou Pacha, confusa, pois com a pouca luz da lanterna as portas pareciam ter ficado todas iguais.

Senghor coçou a cabeça.

— Pombs...

Procuraram alguns instantes até que Joana se manifestou:

— Tá ali! — apontou ela de repente, falando alto sem querer.

— Sssshhhh... — os outros dois a advertiram, pondo os dedos indicadores sobre a boca.

Abriram a porta e finalmente penetraram no imenso salão. Agora tinham que achar a mesa redonda.

— É para aquele lado — lembrou Pacha, orientando o facho de luz na direção certa.

Pé ante pé, andaram até a mesa.

Joana foi a primeira a se aproximar. Tateou rapidamente o tampo.

— Mas onde que tá o CD? — estranhou.

Pacha aproximou mais a lanterna.

— Não sei, eu juro que deixei ele aqui...

— Mas agora ele está com seu verdadeiro dono, *my dear*!

Os três amigos gelaram. Imediatamente as luzes do salão se acenderam e eles deram de cara com Mister George Rubbish.

29. Ratos na ratoeira

MICO! MAIOR MICO, como diria Joana.

Os três não sabiam o que dizer. E nem onde enfiar a cara.

O homem, alto e meio vesgo, parado ali e eles... bem, eles sequer tinham preparado uma desculpa. Nem que fosse esfarrapada. Também, nem sonhavam que aquilo pudesse acontecer.

Suas vistas tinham demorado a se acostumar com a luz. Por isso, só agora enxergavam o Mister com nitidez. De *jeans*, bota e camisa xadrez, parecendo um vaqueiro, numa das mãos ele segurava o tão desejado CD. E na outra — caramba — uma pistola automática!

— Fi... fica frio — gaguejou Joana, indicando a arma e fazendo um gesto pedindo calma. — Pô, não... não é... não é nada disso que o Mister tá pensando...

— *Shut up*! Cala a boca! — gritou ele, fazendo a pequena se encolher.

— *Pero... pero* como que o se... senhor... — engasgou Pacha.

— Como eu descobri vocês, *my dear*? É isso que vocês querem saber? — indagou o homem, sarcástico. — Foi *very, very* simples.

Disse que a propriedade era controlada por computador e possuía minicâmeras em todos os lugares, dentro e fora da mansão. Afirmou, irônico, que na primeira vez os três tinham tido muita, muita sorte. Pois, no exato momento em que iam entrar na casa, houve uma pane elétrica que fez o computador destravar as portas por alguns instantes.

No entanto — informou, ainda em tom de zombaria —, quando eles chegaram ao salão, o sistema tinha voltado a funcionar.

— Assim, *my dear*, as câmeras filmaram tudo. Seu "passeio" nesta sala, a anotação do código do CD, a fuga pela gaveta. Enfim, tive uma bela surpresa quando voltei da viagem, agora há pouco, e vi as gravações. Sabiam que vocês atuaram muito bem no filme? *Congratulations*! Acho que vou recomendá-los a Hollywood — afirmou, debochado.

Contou que, minutos atrás, o funcionário que monitorava as câmeras tinha lhe avisado que um garoto acabara de entrar na propriedade. E que duas meninas estavam no lado de fora.

— Ah, não imaginam como fiquei feliz ao saber que meus ratinhos estavam de volta à ratoeira — zombou. — Mandei destravar as portas e desligar todas as luzes. E agora aqui estamos nós, *my dear*.

Pacha, Senghor e Joana estavam envergonhadíssimos.

O Senhor da Água

— Maior vacilo, seu Mister, mas a gente jura que nunca mais... — disse a pequena.

Pacha reforçou a promessa da amiga:

— É. Nunca mais. O senhor nos descul...

— *Shut up*!

— O se... senhor... vai entregar a gente pra polícia? — gaguejou Senghor.

O Mister gargalhou.

— Para o meu amigo delegado? Não, não. Ele não saberia tratar de ratinhos tão espertos.

— *Pero*... mas... mas então o que que o senhor vai fazer com a gente? — quis saber Pacha, confusa.

— E por que que tá nos apontando essa arma? — perguntou Senghor, sem entender.

— Vocês são ratinhos curiosos demais — riu, balançando a pistola. — Sou capaz de apostar que estão loucos para saber o que é o meu "Projeto Principal"...

— "Projeto Principal O Senhor da Água!" — deixou escapar a pequena Joana, arrependendo-se no mesmo instante, tapando a boca com a mão.

Mas já era tarde.

— Ah, então decifraram! Eu bem que disse pro asno do Donald que qualquer um descobriria — gritou, irritado, dando um murro no tampo da mesa redonda. — Mas o animal disse que mudaria o código mais tarde, quando voltássemos da viagem. Ele só queria saber de subir rápido naquele helicóptero e se encontrar com a namorada no Texas. O pior é que...

Nisso uma pequena porta lateral se abriu. Ela estava disfarçada na parede e, por isso, não fora vista antes pelos três amigos. Pela abertura, entrou um homem de avental branco.

— Fora! — gritou o Mister. — Não dei ordem de entrar!

Em seguida continuou o que estava dizendo:

— O pior é que o CD ficou em cima da mesa, ao alcance de ratos intrometidos como vocês...

— Pombs, mas a gente não pegou ele e... — começou a se desculpar Senghor.

— *Shut up!* — ordenou. — Mais uma façanha do Donald, o asno apaixonado. Esquecer o nosso material mais secreto em cima de uma mesa. Como se fosse um amador qualquer! Um ingênuo!

Furioso, o Mister berrava, com as veias do pescoço parecendo que iam saltar.

De repente, porém, o homem mudou. E deu uma sonora gargalhada.

30. Não me interrompa!

AO VEREM O MISTER RIR, os três amigos se entreolharam, assustados. Para eles, estava ficando cada vez mais claro que George Rubbish era uma pessoa descontrolada.

— Aposto que vocês estão doidos para saber o que é o meu "Projeto Principal" — repetiu. — *Correct*?

— Não, não, imagina, seu Mister. Tá limpo, pode deixar... — respondeu Joana, disfarçando.

— Ah, querem. Querem sim — insistiu ele, ignorando as palavras da pequena. — E, se é o que vocês querem, não me atrevo a contrariá-los. Vou contar uma história. Uma linda história... — prosseguiu, retomando o tom calmo e sarcástico de antes.

Chamando os três jovens de "meus queridos ratinhos", com a ponta da pistola obrigou-os a atravessarem o salão e a ficarem de frente para os enormes telões.

— Vamos, sentem — ordenou, apontando as cadeiras das mesas mais próximas. — Sentem aí que o titio vai lhes contar. É a historinha de um homem muito rico e muito inteligente, que muito em breve será o dono de toda a água do mundo.

— Água?! — Senghor arregalou os olhos. As duas meninas também.

— O dono da água, *my dear*.

— Pombs, o dono... o Senhor da Água! — o garoto deu um pulo na cadeira.

— *Yes*! Bingo! — imitando uma comemoração, o Mister fez um gesto de que iria soltar um foguete e deu um tiro para cima.

A bala bateu numa luminária de metal. Plein! E os três amigos tamparam os ouvidos, assustados.

— Maior louco! — reagiu Joana, olhando para os amigos, enquanto o Mister gargalhava novamente.

— Não, ratinha, não sou — corrigiu-a, adotando de repente uma expressão séria e grave. — Mas, quando quero, eu sei me fazer de louco.

Em seguida, voltou-se para o telão que exibia o mapa da América do Sul e, com o cano da pistola, indicou a extensa luz azul sobre vários países.

— Sabem o que é essa "mancha"?

Os três permaneceram em silêncio.

— Vamos, falem! — exigiu o homem.

— Não, não sabemos — respondeu finalmente Senghor.

— Têm certeza de que não sabem? — o Mister levantou a voz.

O garoto voltou a fixar a atenção na "mancha" do mapa. Estava nervoso e com medo de que o homem se descontrolasse de novo.

— Não sei... mas olhando bem, parece que... parece que lembra o...

— Por isso que eu adoro o Brasil! — cortou o Mister, com desprezo. — Ninguém lê nada, ninguém sabe nada...

Informou que aquilo — "seus ratos ignorantes" — era o Aquífero Guarani.

— Talvez o maior reservatório subterrâneo de água potável do planeta! Brasil, Argentina, Paraguai e Uruguai! — bradou, abrindo os braços.

Pacha sacudiu os ombros.

— Isso a gente já sabia. O Aquífero...

— Não me interrompa! — ordenou o homem.

A garota engoliu em seco.

Mister Rubbish, com a pistola apontando o Aquífero Guarani no mapa, prosseguiu sua "historinha".

Contou que há algum tempo começara a comprar vastas extensões de terra em diversas regiões do Aquífero, tanto no Brasil quanto nos demais países sul-americanos.

— E sabem por que estou fazendo isso?

Os três amigos sacudiram a cabeça. Não sabiam.

— É que os cientistas que trabalham para mim, no meu quartel-general lá no Texas, estão pesquisando uma maneira de sugarmos toda a reserva de água do Aquífero Guarani para dentro das terras que andei comprando.

— *Pero*... mas... isso é errado! — reagiu Pacha, indignada.

O Mister soltou uma risada e, ignorando a expressão de crítica estampada no rosto dos três jovens, continuou:

— Se meus homens descobrirem a maneira, *my dear*, sabem o que acontecerá? O titio aqui será dono de toda a água do Aquífero. O que equivale a dizer que o titio será o homem mais poderoso do mundo! — afirmou, abrindo os dois braços novamente.

Os amigos miraram-se. E não foi preciso conversarem entre si para entenderem, finalmente, que estavam numa enorme enrascada. A situação era bem diferente da que eles tinham imaginado, ao serem pegos em flagrante pelo Mister. Ele não era simplesmente um cientista mal-humorado e temperamental, que ficara irritado com jovens curiosos que resolveram brincar de detetive. Na verdade, estavam frente a frente com um fora da lei, um sujeito muito perigoso.

Senghor, aproveitando que George Rubbish distraíra-se um instante, com os braços abertos, saboreando o próprio poder, cochichou para as meninas:

— Temos que ganhar tempo pra pensar. Façam perguntas, mil perguntas...

— Silêncio! — berrou o Mister.

31. Sangue ruim

JOANA FOI A PRIMEIRA a seguir o plano de Senghor.

— O mais poderoso do mundo! Beleza! Mas... mas vai ser o senhor sozinho? — indagou a menina.

Mister Rubbish sorriu.

— Digamos que tenho alguns sócios de peso espalhados por alguns países — respondeu, irônico. — Mas o comandante sou eu. Estão ouvindo? Eu!

Entusiasmando-se com as próprias palavras, deu outro tiro para cima. Plein!

Quando os jovens destaparam os ouvidos, puderam escutar ele dizer, vaidoso, que ficaria mais rico e mais poderoso do que já era hoje. Isso aconteceria — afirmou — quando a água potável começasse a faltar em todos os continentes.

— *No*! Aí é que o senhor se engana — falou Pacha, desafiante, sem conseguir se segurar.

Mister Rubbish a encarou. Estava colérico. Aproximou-se da cadeira onde estava a garota e apontou a arma contra ela.

— O que você quer dizer com isso, *bastard*?

O Mister apontava a pistola para Pacha e os outros não sabiam o que fazer.

Mas subitamente Senghor, aparentando o maior sangue-frio, insistiu:

— A Pacha tá certa. E o senhor tá superenganado. A gente viu na escola que, se o mundo inteiro cuidar, a reserva ainda dá pra uns trezentos anos.

George Rubbish baixou a pistola. Ufa!

— Disse bem: trezentos anos "se" todo o mundo cuidar — afirmou, afastando-se de Pacha e voltando ao telão. — Mas o mundo não está cuidando, ratinho inocente.

Acionando um controle remoto, o homem fez o mapa do Aquífero sumir. Em seu lugar, na tela, apareceram gráficos e estatísticas, mostrando que rios, lagos e lagoas de todo o planeta estavam sendo rapidamente inutilizados.

— Culpa do desmatamento, da poluição e do desperdício — disse Senghor.

— Culpa dos governantes, que não tão nem aí — afirmou Pacha.

E Joana emendou:

— Culpa de muito bacana que...

— Chega! — berrou o Mister.

Em seguida continuou:

— O fato é que vocês estão vendo que o mundo não está cuidando da sua preciosa água. E eu, de minha parte, estou dando uma mãozinha — riu, zombeteiro.

O Senhor da Água

— Fiquei na mesma — disse Joana, sem entender.

Mister Rubbish, ainda rindo, apontou com a pistola o outro telão, o do mapa-múndi.

Repetindo que estava dando "uma mãozinha", revelou que ele e seus sócios de peso estavam tratando de provocar desastres ecológicos em mananciais de água potável de diversos continentes.

— Estão vendo estes pontos luminosos vermelhos no mapa? São os lugares onde eu e meus sócios estamos "trabalhando".

Na mesma hora os três jovens se recordaram daquilo que Marie falara sobre um cientista que "injustamente" fora tido como suspeito de provocar problemas na Ásia e África. Então o sujeito era o Mister mesmo...

— Bandido! — sussurrou Senghor.

Mas o homem ouviu.

Fora de si, aproximou-se do garoto e enfiou a pistola no seu ouvido.

— Como se atreve, *bastard*?

— *No*! Por favor, não! — gritou Pacha.

— Olhem só os ratinhos assustados — riu repentinamente o homem, baixando a arma. — Vocês são patéticos. Patéticos e dramáticos. Não somos bandidos, *my dear*. Só estamos apressando um pouco as coisas, nada mais que isso.

Aquilo estava virando uma tortura.

Subitamente, sem poder se controlar, Joana explodiu:

— Sangue ruim!

Sem pensar nas consequências, a menina levantou-se da cadeira e, de dedo em riste, avançou contra o Mister.

— Tá pensando o quê? Faz um monte de sacanagem em tudo que é canto e ainda por cima vem aqui destruir uma coitada de uma pedra, com trocentos desenhos bonitos, que não tinha nada a ver com nada! Sangue ruim!

32. Um botão é apertado...

AO VER A MENINA MIÚDA, com o dedo esticado como uma lança em sua direção, mas que no entanto mal passava da altura de sua barriga, o Mister desandou a rir.

Segurando-a pela orelha, colocou-a novamente na cadeira.

— Você está errada, pequena rata. Saiba que a coitada da pedra, como diz você, tem tudo a ver com isso.

E a seguir, sem maiores explicações, apertou um botão.

Assim que ele pressionou o botão, soou uma campainha. E doze homens de avental branco entraram no salão. E também dois sujeitos musculosos, de camiseta preta, que ficaram encostados à parede.

Os homens de branco foram apresentados pelo Mister. A maioria deles era de norte-americanos. Mas havia também ingleses, japoneses, alemães, franceses e italianos.

— Todos falam português — disse George Rubbish. — Faz tempo que estavam sendo preparados para vir ao Brasil.

Eu vim primeiro, só para, digamos, abrir as portas... — esclareceu, sarcástico.

Os cientistas dirigiram-se aos computadores e equipamentos eletrônicos e começaram a trabalhar, ignorando a presença de Pacha, Joana e Senghor.

Menos um. Era um rapaz jovem, alto, de cabelos ruivos e espetados, que se aproximou do Mister e dos jovens.

— O chefe de nossa equipe de cientistas — apresentou o Mister. — Doutor Donald. Um talento precoce na universidade, um gênio.

O rapaz empertigou-se, limpou a garganta, dava para ver que se sentia orgulhoso de seu papel. Quando ia abrir a boca, para falar não se sabe o quê, inesperadamente Mister Rubbish berrou:

— *Out!* Tirem este asno da minha frente! Já!

Os dois seguranças de preto agarraram o surpreso jovem.

— Façam-no dormir — ordenou o Mister. E imediatamente gritou:

— Doutor Bear!

Um dos cientistas deixou rapidamente seus afazeres e acercou-se. Era um cinquentão baixo, grisalho, de olhos cinzentos e frios.

— Bear, nosso novo chefe de equipe — apresentou o Mister, cínico, mostrando que aquelas pessoas eram somente peças de um jogo, que ele podia mexer quando bem entendesse. — Nossos pequenos amigos gostariam de saber por que explodimos a pedra. Conte a eles.

O Senhor da Água

Doutor Bear mirou o Mister por um instante, indeciso. Foi o suficiente para o outro se irritar.

— Anda, estou mandando.

O cientista pigarreou e começou a falar. Expressava-se bem em português, mas tinha um forte sotaque britânico.

— Alguns anos atrás, um dos homens da nossa equipe soube da existência, no México, de um raro códice dos astecas. O escrito narrava uma história a respeito de um deus, que os índios chamavam de "Senhor da Água"...

Ao ouvir aquilo, os três amigos mexeram-se nas cadeiras, excitados.

— Sosseguem! — exigiu o Mister. — Prossiga, doutor.

— Roubamos... quer dizer... tomamos emprestado o códice e conseguimos traduzi-lo. Ele dizia o seguinte: o bondoso Senhor, sabendo que iria faltar água no futuro, trouxe uma pedra do céu. Uma pedra especial, que tinha o poder de retirar o sal da água do mar, transformando-a em água potável. Um tempo depois, detectamos que essa pedra mágica estava no Brasil. Foi aí que Mister Rubbish foi para o Rio de Janeiro. Mais tarde, descobrimos que o lugar era Florianópolis. Esta praia aqui, para ser mais exato...

— *Taita*! — reagiu Pacha. Os outros dois sequer conseguiram abrir a boca. Estavam atônitos.

— Ao saber disso, deixei o Rio — contou o Mister. — E a equipe principal também transferiu-se do Texas para cá. Durante vários meses após nossa vinda, fizemos uma varredura em todas as pedras desta praia, absolutamente todas. Até que nossos cientistas descobriram que a pedra mágica estava aqui perto, no conjunto de rochas onde tivemos o prazer de nos conhecer aquele dia — disse, irônico.

Bear continuou:

— Quando encontramos a pedra com os desenhos, não tivemos mais dúvidas e...

— Mas por que que vocês dinamitaram ela? — cortou Senghor.

O Mister deu uma risada sonora.

— Uma coisa de cada vez, ratinho. Primeiro: usamos dinamite porque o códice dava indicativos de que era o único tipo de composição química capaz de destruí-la. Imaginem, dinamite, um explosivo tão banal. E em segundo...

— Mas... — interrompeu Pacha.

— *Shut up*! Não terminei — berrou o Mister. E continuou: — Em segundo lugar, negócios são negócios, *my dear*. Se essa maldita pedra tornasse potável a água de todos os oceanos do mundo, seria o fim dos nossos planos.

— Mas... — insistiu Pacha — se vocês já explodiram, por que que continuam aqui? Ainda não estão satisfeitos com o estrago que...

— Porque a pedra verdadeira não era aquela.

33. O dia D

AO ESCUTAR A AFIRMAÇÃO do doutor Bear, três pares de olhos fixaram-se, espantados, no cientista.

— O quê?! — perguntaram os três, ao mesmo tempo.

— Isso que vocês ouviram — disse o Mister, mal-humorado. — A pedra verdadeira não era aquela.

E fez um sinal para que Bear prosseguisse.

— Ao vermos que a pedra não era aquela, mandamos um dos nossos homens ao México. Ele conseguiu encontrar um xamã, descendente dos astecas, que conhecia a história do Senhor da Água. O velho bobalhão, sem saber dos nossos planos, acabou abrindo o jogo. Disse que todo o segredo tinha a ver com uma pedra cuja sombra tivesse a curiosa forma de um...

— Dedo! — gritou Joana. Os amigos olharam feio para ela.

— Maior vacilona... — desculpou-se a pequena, envergonhada. — Escapou.

O Mister zombou:

— Ora, vocês acham que nós já não tínhamos reparado na tal pedra do dedo? Francamente, estão nos subestimando. Quando o xamã mexicano falou da sombra, no mesmo instante ligamos as coisas. Só que surgiu um pequeno problema. Conte o resto, Bear — ordenou.

— Precisávamos de dados mais exatos sobre essa questão da sombra do dedo. Só que, quando o xamã ia nos informar sobre isso, adoeceu gravemente...

— Assim, fomos obrigados a fazer uma viagenzinha ao Texas e ao México — cortou o Mister. — Foi por isso que vocês encontraram a casa vazia, *my dear*.

Bear informou então que, aplicando injeções estimulantes no xamã mexicano, conseguiram descobrir, antes de ele morrer, que a pedra mágica só era visível a cada cinquenta anos.

— A cada cinquenta anos — repetiu o cientista —, no primeiro raio de sol do solstício de verão, a sombra do dedo aponta diretamente para a pedra dessalinizadora.

— Bingo! E descobrimos mais — vangloriou-se Mister Rubbish. — Descobrimos que o dia D é amanhã! Ou seja, vinte e um de dezembro, solstício de verão, exatamente às cinco horas e quinze minutos da madrugada, completam-se os cinquenta anos.

— Seis e quinze, pelo horário de verão — corrigiu Bear.

O Mister olhou irritado para o cientista.

— Que seja. E eu estarei lá! — falou, levantando a voz.

O Senhor da Água

— Aí, então — fez um gesto de que estava esganando alguém —, adeus pedra do "Senhor da Água"! O único senhor da água serei eu!

Os três amigos estavam revoltados.

— O senhor é um *loco*, isso sim — reagiu Pacha.

— Louco, eu? No fundo, estou defendendo os interesses da humanidade, *my dear*. Já pensaram se isso cai nas mãos do terrorismo internacional? — disse George Rubbish, gargalhando.

Subitamente, porém, ficou sério. E mostrando que, para ele, a partir dali a conversa estava encerrada, chamou os seguranças.

— Tirem esses ratos daqui!

Aos empurrões, os três foram levados pelo comprido corredor e trancados em um dos inúmeros quartos da mansão.

Senghor, tão logo se viu sozinho com as amigas, lamentou que não adiantara nada eles terem tentado ganhar tempo para pensar.

— É, a gente não conseguiu pensar em nenhuma saída e agora tamos aqui... — disse Pacha, desanimada.

— O que que a gente vai fazer, compadres? — indagou Joana, preocupada.

Decidiram vasculhar o quarto, para ver se havia um modo de escapar dali. Logo constataram, no entanto, que o lugar parecia uma cela. Uma cela de segurança máxima.

Paredes brancas, nuas, sem móveis, sem objetos, nada. Não havia sequer uma janela. A única coisa que havia era uma enorme cama de casal, sem lençol e sem travesseiros. Apenas com um colchão.

Correram à porta. Fortemente fechada. Além disso, por uma fresta mínima, rente ao chão, suspeitaram ter visto algo como um par de pés. Sem dúvida, um dos seguranças devia estar guardando a entrada, no lado de fora.

Foi aí que notaram, no teto, uma grade quadrada de uns 30 × 30 centímetros. Que era, provavelmente, por onde entrava o ar.

Subindo um nas costas do outro, tentaram alcançar o alto. Mas repentinamente uma fumaça amarelada, com cheiro adocicado, começou a sair lentamente através da grade.

E aí tudo desapareceu.

34. Apenas cinco minutinhos

SENGHOR, PACHA E JOANA perderam a noção das coisas. Só recobraram os sentidos quando alguém gritou:

— Acordem!

Estavam os três deitados sobre a cama e não tinham a menor ideia de quem os colocara ali. Apenas ouviram aquela voz ordenando que levantassem, seguida de cutucões com um objeto frio. Mesmo ainda tontos, viram que em pé estava um homem empunhando uma metralhadora.

E não se tratava de nenhum dos dois seguranças.

— Você?! — Joana encolheu-se na cama. O sujeito armado era o pistoleiro de aluguel.

Ele riu.

— Ora, ora, vejam só quem está aqui. O chefe lá na favela vai ficar contente de saber...

Em seguida, no entanto, fechou a cara e ordenou:

— Todo mundo de pé, rápido. Já tá quase em cima das seis horas e o Mister tá esperando.

George Rubbish e o doutor Bear estavam parados na porta da mansão, aberta, quando o pistoleiro chegou com os três jovens.

— São pontualmente cinco e cinquenta e cinco. Ficaremos monitorando daqui — escutaram o cientista dizer, conferindo uma minicâmera instalada no colete usado pelo Mister. — O senhor tem certeza de que não quer a ajuda de nenhum de nós?

— Eu já disse que não! — irritou-se o outro. — Já falei mil vezes que, neste trabalho, certas honras são minhas! Exclusivamente minhas!

Só então pareceu notar a presença dos jovens.

— *Good morning*, ratinhos. Que tal, vamos dar um passeio com o titio? — convidou, debochado, ao mesmo tempo que indicava a saída, com uma reverência. Em seguida, colocou uma mochila às costas e também saiu.

Com ele, além dos três jovens, ia apenas o pistoleiro de aluguel.

Lá fora ainda estava escuro.

Com uma potente lanterna levada pelo pistoleiro, Mister Rubbish conduziu Joana, Pacha e Senghor para o conjunto de pedras.

Os amigos sentiam-se ainda zonzos, com a cabeça pesada e as pernas moles. Provavelmente um efeito daquela fumaça amarela...

Em silêncio, o Mister fez com que os três parassem ao lado do "Dedo".

— O que que o senhor vai fazer com a gente? — conseguiu indagar Senghor, com a voz meio pastosa.

— Continuam tão curiosos, os meus ratinhos — o Mister riu e fez um sinal para o pistoleiro. Abrindo a mochila do patrão, ele retirou dali uma corda e rapidamente amarrou os pés dos três amigos.

No céu, já se via uma tênue claridade.

George Rubbish fez outro sinal ao matador. E de imediato este fez com que os jovens encostassem no "Dedo". Como a pedra era alta e estreita, parecendo uma estaca, facilmente conseguiu amarrar os três em torno dela.

A seguir, mexeu novamente na mochila, tirou quatro bananas de dinamite e entregou-as ao patrão.

Mister Rubbish observou o horizonte, onde o mar e o céu já se distinguiam um do outro, com a luminosidade que aumentava. Depois verificou o relógio.

— Cinco minutos. Apenas cinco minutinhos para a glória! O mundo nas minhas mãos! Bingo! — gargalhou, como um alucinado.

Ao ouvir aquilo, Pacha, Senghor e Joana mexeram-se, tentando se libertar das cordas. O efeito do gás parecia ter passado e agora finalmente se sentiam acordados, lúcidos.

— Quietos! Quietos senão eu fuzilo vocês! — ameaçou o pistoleiro.

O tempo voou. Num instante o sol, enorme, dourado e radioso, começava a nascer.

No mesmo momento, Mister Rubbish tirava um isqueiro do bolso.

Senghor agitou-se.

— Fiquem alertas — pediu às meninas, sussurrando.

A lenda falava no "primeiro raio de sol". Atento como um predador, o Mister fixou a vista na sombra da pedra. Foi então que todos viram! A ponta do "Dedo", nítida e certeira, pousou sobre uma pequena rocha próxima.

Resfolegando, Mister Rubbish lançou-se sobre ela. Aparentemente, a pedra era igual às outras, mas os olhos treinados do caçador encontraram o que queriam.

A posição da luz do sol revelava ali, naquela pedra, para quem quisesse ver, os traços perfeitos de um rosto humano!

— É ela! A pedra dessalinizadora! — berrou o Mister, sacudindo as bananas de dinamite que estavam em suas mãos.

35. E ele sumiu...

MISTER RUBBISH AGACHOU-SE ao pé do "rosto". E preparou-se para instalar os explosivos.

Então, subitamente, gritou para o pistoleiro:

— *Look*! — e apontou para algo que ninguém tinha visto antes. Na parte inferior da pedra do "rosto" havia um buraco. Era estreito, profundo e escuro como um poço. Talvez a boca de uma caverna submarina, pois o Mister conseguiu escutar o som rouco do oceano lá embaixo, como se fosse o rugido de um deus furioso.

Mister Rubbish, rápido, acendeu os pavios das dinamites. E mirou, com sarcasmo, os três jovens amarrados ali perto.

— Adeus, ratinhos curiosos. Vocês são *very* simpáticos, mas infelizmente vou ter que sacrificá-los ao Senhor da Água.

Senghor, Joana e Pacha, em pânico, viram que estavam perdidos. A explosão os mataria, não havia como escapar. Verificaram também que os pavios não eram muito compridos. Tinham o tamanho suficiente para dar tempo de Mister Rubbish e o matador fugirem ilesos.

— Um sacrifício ao Senhor da Água — repetiu o Mister, rindo de suas próprias palavras e dando o primeiro passo para a fuga.

Naquele exato momento, porém, ouviu-se um grito:
— Parem! Polícia!

Os jovens olharam na direção do grito e viram diversos agentes a poucos metros dali, protegidos por algumas rochas. E, atrás deles, num ponto mais distante, distinguiram o pajé Abaeteí e o professor Ronei.

— Parem! — repetiu o policial.

A ordem do agente ainda ecoava, quando uma onda enorme, totalmente inesperada, subiu do oceano através do buraco. Subiu jorrando com fúria, com uma força descomunal que atingiu as pernas de Mister Rubbish.

Desequilibrado, ele caiu para trás sobre o "rosto", e no mesmo instante desapareceu. Desabara dentro do assustador e profundo buraco da caverna!

Segundos depois ouviram-se quatro explosões.

E a pedra do "rosto" — a cobiçada pedra mágica do Senhor da Água — desmoronou. Devagar, como se fosse em câmera lenta, seus pedaços foram caindo, um a um, dentro do poço escuro.

Um instante após, viu-se que, milagrosamente, o estrago concentrara-se somente ali: não atingira o "Dedo", onde estavam amarrados os três amigos.

O matador de aluguel ainda tentou fugir. Deu uma rajada com a metralhadora para o lado onde estavam os policiais, mas foi pego por trás, por um agente que dera a volta sem ser notado.

— Tem mais gente na mansão! — gritou Senghor.

Enquanto a polícia resolvia, rápido, correr à propriedade, o velho pajé e o professor Ronei desatavam os jovens.

— Salve, curumim valente... — disse o índio, com ternura. Seus olhos marejavam, via-se que estava muito emocionado.

Pacha, Joana e Senghor, tão logo se viram soltos, agarraram-se ao ancião. E nos seus braços ficaram, durante um longo tempo, chorando e soluçando baixinho, sem conseguir dizer nada.

Até que o professor Ronei lhes murmurou, carinhoso:

— Vamos? Acho que é melhor a gente sair daqui...

36. "Operação Dedo"

SECANDO AS LÁGRIMAS, os amigos desceram das pedras.

Ao chegarem lá embaixo, na areia, viram que eram esperados. Marie, Edite e os pais de Pacha os miravam pálidos, sérios. Pareciam paralisados. Não esboçaram qualquer gesto ao vê-los.

— Ih, sujou... — sussurrou Joana, agarrando-se na mão do velho Abaeteí.

Mas num instante a tensão se desfez.

De braços abertos, os adultos correram para os filhos.

O casal peruano sufocou Pacha com beijos e abraços, quase dando um nó em suas tranças.

— *Kusi...* alegria! Que alegria te ter de volta sã e salva, minha filha!

— Cadê ela? — indagou a garota, preocupada, procurando a irmãzinha, assim que seus pais a desapertaram.

— Está na casa, ficou com uma policial — tranquilizou a mãe.

Marie, enquanto isso, apalpava Senghor como se quisesse ver se ele estava com algum osso quebrado.

— Você está bem mesmo, *mon petit*? — checou, esquecendo que tinha prometido a si mesma nunca mais chamar o filho daquele modo.

— Tô, mãe. Tô legal — respondeu ele, totalmente sem graça por Marie o estar tratando como um menininho que levou um tombo no parque.

Joana, por sua vez, nem esperou que Edite conferisse nada. Ela mesma foi tocando seus braços e pernas e mostrando:

— Ó, mãe, tô inteira! Pode ver.

Edite riu e abraçou a pequena.

— Você é fogo...

Pouco depois, o grupo inteiro já estava na casa da praia.

Os jovens, excitados, loucos de curiosidade, cercaram a agente que estava com o bebê no colo. Queriam saber como a polícia chegara na hora certa, não paravam de tagarelar.

Mas os adultos não lhes deram chance, empurrando-os para o chuveiro.

— Pro banho, já! — determinou Marie.

Quando os três amigos reapareceram na sala, com os cabelos molhados, a primeira coisa que fizeram foi cercar novamente a policial, que tinha devolvido a nenê à mãe de Pacha e, agora, sentada ao lado da porta de entrada, falava num pequeno radiocomunicador. Ela recebia um informe de seus companheiros sobre a "Operação Dedo" — como a polícia já a estava chamando.

— Deixem a moça trabalhar em paz!

Só quando ouviram a voz de Marie, exigindo que não atrapalhassem a policial, é que os três amigos notaram que seus pais, e também o velho Abaeteí e o professor Ronei, já estavam sentados à mesa. E que um farto café da manhã estava sendo servido.

Nem bem ocuparam seus lugares, os jovens mostraram que, para eles, a curiosidade estava muito acima da fome. Nem tocaram na comida.

— Tá tudo beleza, mas... demorou. Agora a gente queria saber... — começou a pequena, mexendo-se na cadeira.

— A senhorita está enganada, dona Joana — disse Marie, com um ar divertido. — Quem quer saber somos nós. Vamos, contem tudo o que aconteceu. Tim-tim por tim-tim.

Sem outra saída, eles narraram a história completa, sem esquecer nenhum detalhe.

Nem bem tinham colocado o ponto-final, o telefone tocou. A policial, ágil, levantou-se e atendeu. Em seguida encaminhou-se à mesa e entregou o aparelho a Marie.

— É para a senhora.

Para surpresa de todos, a expressão preocupada com que ela atendera a ligação foi logo trocada por um sorriso largo.

— Claro, claro, eu digo a ele...

Ao desligar, Marie imediatamente saiu de seu lugar e abraçou Senghor, pelas costas, com cadeira e tudo.

— Teu pai está vindo, filho! — comunicou, cheia de contentamento. — Arranjou o time certo. Teu irmão vai realizar o grande sonho... e o melhor: sem parar de estudar! — completou, emocionada.

O garoto, doido de alegria, pulou do assento e deu um soco no ar.

— Valeuuu! — berrou, como se estivesse comemorando um gol.

Em seguida, agarrou a mãe pela cintura, quase tirando-a do chão.

— Valeuuu!

Depois voltou-se para as meninas e para o velho pajé, que lhe sorriam, felizes.

— Sabem, eu já tinha até desistido. Mas o provérbio tá certo: não adianta querer apressar o camelo.

— Pô, adianta, sim! — rebateu Joana, mostrando que para ela aquela comemoração já estava demorada demais. — Senta, Senghor, senão o camelo deles não anda — reclamou, apontando os adultos.

37. A profecia dos índios

— AGORA É A VEZ DE VOCÊS baterem a história pra nós — insistiu Joana.

O pai de Pacha, então, tomou a palavra:

— Sem querer, ontem à noite fui eu que descobri que vocês tinham desaparecido — começou ele. — Porque fui pedir que fossem comprar um sorvetinho para *nosotros* e não encontrei ninguém nos quartos.

Afirmou que na hora os adultos não ficaram muito preocupados, pois imaginaram que os três tivessem ido à locadora de vídeo e se esquecido de avisar. Além disso era cedo, não passava das nove da noite.

— Mas quando deu onze horas entramos em parafuso — falou Marie. — Eu e a Edite fomos à locadora. Estava fechada e nada de ninguém. Daí o pai da Pacha foi até o "Dedo", mas vocês também não estavam lá. Ele teve que levar uma vela, porque a lanterna tinha sumido...

— Por sinal, a falta da lanterna nos deixou ainda mais preocupados — emendou a mãe de Pacha.

O Senhor da Água

— Sim — prosseguiu Marie. — Estávamos naquele nervosismo quando, lá pela meia-noite, de repente vimos o Ronei e o pajé chegando.

Os dois balançaram a cabeça, concordando.

— Quer contar, Ronei? — consultou-o Marie.

— Não, não. Pode continuar — respondeu o professor, amável.

— Os dois começaram a falar do solstício. Disseram que alguma coisa poderia acontecer lá nas pedras, no momento em que o sol nascesse. Não sabíamos o que fazer.

Marie contou então que acabaram decidindo ligar para o posto policial da praia. Mas, para aflição geral, ninguém respondera.

Ao verem que os policiais da praia não atendiam — contou Marie —, ela e os demais tinham resolvido pedir socorro à Delegacia Central, que ficava bem longe dali.

— Mas eles estavam com outras ocorrências e falaram que só poderiam vir bem mais tarde...

Os policiais da Delegacia Central — continuou ela — só tinham chegado às 4h30 da manhã.

— Chegaram bem na hora em que o Ronei e o pajé já tinham cansado de esperar e estavam saindo para ir às pedras sozinhos mesmo...

— Mas vocês sabiam que o nosso sumiço tinha a ver com o Mister e com o solstício? — indagou Pacha.

— A menor ideia — falou Marie. — Se a gente soubesse que vocês tinham entrado na mansão antes...

Nisso o professor pigarreou.

— Bom, eu acho que "ele" sabia — disse, apontando o velho índio.

— Sabia?! — espantou-se Senghor. — Mas como?

O ancião levantou-se da mesa.

Calmo e solene, acendeu o cachimbo.

— Meu nome ser Abaeteí, curumim saber — disse, olhando com ternura para os três jovens.

— O Verdadeiro Homem da Água... — lembrou Senghor.

— Porque mim vir pra cuidar de rio, cuidar de mar, de água...

— Maior sangue bom! — exclamou Joana.

— Sssshhhh... deixa ele falar... — pediu Pacha, pondo o dedo sobre a boca.

A pequena fez uma careta para a amiga, mas conformou-se.

— Tudo bem, tá limpo...

O ancião sorriu. Deu uma baforada no cachimbo e continuou:

— Então Abaeteí vir de dia e ver pedra desenhada. Ver também pedra da sombra. Então mim descobrir tudo...

— Que "tudo"? — perguntou Joana, ansiosa, mexendo-se na cadeira.

O pajé mirou a menina e, serenamente, deu mais uma baforada. Explicou que, ao deparar-se com as pedras, descobrira, com muita emoção, que ali estava "o lugar sagrado". O lugar tantas vezes falado pelas profecias dos guaranis e também pelas profecias de vários outros povos indígenas.

O Senhor da Água

Mas — continuou — ele não tinha recebido "ordem" para falar a respeito. Por isso é que saíra tão apressado.

— Mas... ordem de quem? — indagou Senghor, confuso.

— Do Senhor da Água, curumim...

— Ordem do Mister Rubbish?! — berrou Joana, arregalando os olhos.

38. O espírito falou...

ORDEM DO MISTER RUBBISH...

Ao ouvirem aquilo, Senghor e Pacha caíram na gargalhada.

— Pombs, Joana, não bagunce a história — falou Senghor, ainda rindo.

— Tá limpo, tá limpo... — disse a pequena, concordando. E levantou os braços, como alguém que se rende.

— Daí mim perguntar para espírito de Senhor da Água. E ele falar... ele falar... — o ancião ia prosseguir, mas repentinamente seus olhos se encheram de lágrimas. Pediu licença, sentou-se na cadeira, baixou a cabeça sobre o peito e ficou alguns instantes em silêncio. — Agora... agora melhor professor contar... — pediu, ao levantar o rosto, pálido e emocionado.

Ronei fez um gesto respeitoso em direção ao velho pajé e começou:

— Ontem à tarde, saí daqui para levar o meu querido amigo à aldeia — recordou. — Eu estava cheio de dúvidas sobre o significado das pedras. Embora suspeitasse, pela análise que fiz, que elas tinham alguma relação com o solstício...

— Ah, então foi por isso que o senhor perguntou se a gente tava no dia vinte — recordou Pacha.

— Exato, solstício de verão, hoje, 21 de dezembro. No carro, enquanto íamos, Abaeteí pediu que eu tivesse um pouco de paciência, pois ele ainda não tinha ordem de falar nada. Ao chegarmos, pediu que eu ficasse um pouco mais ali na aldeia. Só depois entendi...

O professor contou, então, o que sucedera. Tão logo o sol se pôs e a noite chegou, Abaeteí se dirigira, sozinho, para uma cascata existente no meio da mata. Precisava ficar perto da água. Ronei entendera que o amigo iria consultar "alguém". E a consulta — disse o professor — fora demorada.

— Demorada e dolorosa. Já eram quase onze da noite quando ele retornou. Seu rosto estava molhado de lágrimas. Me pegou pelo braço e disse que tínhamos que voltar urgente para a praia. O espírito do Senhor da Água lhe avisara sobre um grande perigo. Falara da pedra vinda do céu, a pedra...

— Dessalinizadora! — completou Senghor. E a seguir, lembrando-se do que acontecera, exclamou: — Aquele bandido do Mister botou dinami...

Mas o garoto não conseguiu terminar a frase. Porque, naquele momento, a polícia entrava na casa.

A agente feminina abriu a porta e um grupo de homens entrou na sala.

O chefe da "Operação Dedo" cumprimentou as pessoas sentadas à mesa e apontou a figura que estava a seu lado.

— Nosso colega, delegado do posto da praia. Já devem conhecê-lo, não? Está nos dando informações de grande valia. Inclusive nos contou que já tinha alertado os moradores locais de que o tal Mister era um elemento suspeito.

— Que sujeitinho mais cara de pau... — sussurrou Edite, em pé ao lado da cadeira de Marie, dando uma leve cutucada no seu ombro.

— Bom dia, delegado — saudou a mãe de Senghor, com cara de anjo. — E aí, a viatura novinha em folha do generoso doador vai bem?

— *Y los turistas...* E os turistas que queimam as pedras fazendo churrasco nunca mais o incomodaram? — indagou, também zombeteiro, o pai de Pacha.

O homem não respondeu. Deu um sorriso amarelo que só os jovens e seus pais entenderam.

O chefe da equipe, aparentemente sem notar o tom debochado daquele diálogo, passou então a lhes informar o que acontecera. Infelizmente — afirmou ele — não tinham conseguido prender ninguém na mansão.

— Encontramos apenas uma moça, uma empregada. Ela estava trancada na cozinha, chorando e assustada. Pois o grande salão, no primeiro andar, estava tomado pelo fogo...

Quando chamavam os bombeiros — relatou —, os agentes perceberam um movimento no lado externo do casarão. Era um grande helicóptero que alçava voo, lotado de gente. Nele ia

O Senhor da Água

inclusive um rapaz, desacordado, que fora o último a ser colocado para dentro.

— O Donald... — disse Pacha, baixinho, mirando os outros dois amigos.

— Não tivemos condições de detê-los — prosseguiu o policial. — Pareceu-nos que eles foram avisados...

— É que os cientistas e os seguranças sabiam tudo o que tava acontecendo — explicou Senghor. — Tavam monitorando o Mister com uma minicâmera.

— Não sobrou nada no salão? — quis saber Pacha. — Nem um CD com uns números escritos em cima? Ali tava todo o projeto deles...

39. Ninguém sai daqui!

NÃO, NÃO TINHAM ENCONTRADO O CD. O incêndio consumira todo o salão, informou o chefe da "Operação Dedo".

O policial disse, no entanto, que tudo estava bem. E que, a partir daquele momento, quem estava assumindo o caso era a Polícia Federal.

Previu que, somente com as informações que seriam prestadas por Joana, Senghor e Pacha, a organização liderada por Mister George Rubbish poderia começar a ser desmantelada.

— Não boto fé, não. Eles não são gente mixuruca... — afirmou Joana.

— Ela tá certa — disse Senghor. — Tem um monte de pessoas envolvidas, a maioria deles a gente nem conheceu e...

— Mas tem um jeito fácil da polícia pegar todos os cúmplices desconhecidos do Mister — interrompeu Pacha. — Daqui pra frente, todo cara que aparecer dizendo que é dono do

O Senhor da Água

Aquífero já pode ir prendendo. É bandido! — disse ela, imitando alguém sendo algemado.

Os adultos riram, divertidos com a solução ingênua da garota.

O chefe da "Operação", porém, não achou a menor graça. Acabara de atender a um chamado em seu rádio e ficara com uma expressão preocupada.

— Nossos colegas da Polícia Federal estão vindo para cá. Ninguém deve deixar esta casa, em hipótese nenhuma — ordenou.

— Mas, droga, o que que aconteceu?! — perguntou Marie, nervosa.

O homem não respondeu.

— *Sí...* queremos uma explicação — cobrou o pai de Pacha.

— Senhores, por favor, não há motivo para pânico. Simplesmente permaneçam dentro de casa.

— Pô, mocozados aqui dentro? — reagiu Joana, inconformada. — Não dá pra ir nem ali na varanda?

— Não — respondeu o policial, seco. Em seguida informou, apressado:

— Temos que ir agora. Mas dois de meus melhores homens ficarão com vocês.

Porém, o tempo foi passando e nada de a Polícia Federal chegar.

O grupo de pessoas, "presas" dentro da casa, tinha deixado a mesa e ocupado as poltronas e sofás da sala. E estavam aflitas. Afinal, o que estava acontecendo?

De súbito, o telefone tocou.

Todos olharam para o aparelho, sem saber o que fazer. Rapidamente, um dos policiais que ficara no local adiantou-se e atendeu.

Trocou algumas palavras e um momento depois indagou:

— Quem é a dona Edite?

— Tô aqui! — gritou ela, da cozinha, onde já começara a preparar o almoço.

O agente levou o telefone até lá.

Minutos após, percebendo que a mãe continuava conversando, Joana não se conteve. E levantou-se do sofá.

— Demorou. Vou ver o que que é.

Mas, naquele justo instante, Edite apareceu na porta da cozinha. Sorridente, apressada, limpando as mãos no avental, caminhou até onde os demais estavam.

Ao encontrar a filha em pé, colocou o braço em torno do ombro da pequena.

— Filha, acabei de falar com o teu pai! — contou ela, contente. — E sabe o que que eu fiz? Pedi pra ele vir buscar nós duas.

— Sério?! — a menina vacilou. Após um silêncio que parecia não acabar, um brilho finalmente apareceu no olhar da pequena. E ela abriu um sorriso de orelha a orelha.

— Depois que eu vi a tua coragem nisso tudo que aconteceu, fiquei com vergonha — disse Edite, mirando a menina com orgulho. — Não tô mais com medo de nada. Vamos pro acampamento, filha! Vamos conquistar a nossa terra...

O Senhor da Água

A menina agarrou-se à cintura da mãe.

— Valeu! — vibrou ela. E emendou, otimista: — Quero ver os traficantes acharem a gente lá...

— Legal! — comemoraram Pacha e Senghor, pulando do sofá e batendo as palmas das mãos entre si.

40. Tudo errado

O VELHO ABAETEÍ, ao ver o contentamento dos jovens, também levantou-se da poltrona.

— Bonito, curumim! — festejou ele. Ia falar mais alguma coisa, mas engasgou-se com a fumaça do cachimbo e começou a tossir.

Senghor, Pacha e Joana correram para ajudá-lo, dando-lhe tapinhas nas costas. Mas fizeram a coisa de um modo tão desajeitado que o ancião escorregou.

Ronei saltou para ampará-lo, mas — surpreso — viu o pajé, em plena queda, piscar-lhe um olho e, traquina como uma criança, puxar os três amigos para o chão, num tombo colossal sobre o tapete.

O grito de susto dos pais, o estardalhaço dos jovens e as risadas do velho índio ainda não tinham terminado quando Edite falou:

— E tem mais uma coisa — informou, enquanto via a filha, ainda gargalhando, dando a mão para o travesso Abaeteí levantar-se. — A Joana ainda não perdeu o ano. Em fevereiro, a escola do acampamento vai fazer as provas que faltaram pra ela. Claro, vai ter que dar duro nos estudos agora nas férias, mas...

— Não vou pra lá, mãe!

Ao escutar aquilo, Edite parou o que estava dizendo e voltou-se, confusa, para a filha.

— Não vou pro acampamento, tá ligada? — repetiu Joana. Mas em seguida esclareceu, sapeca: — Não vou se a senhora não prometer me trazer pra visitar esses compadres aqui... — disse, mirando com carinho seus dois fiéis amigos e o velho pajé. — Promete?

— Claro, filha, eu...

Mas Edite não pôde completar a promessa, porque finalmente dois homens, com os coletes pretos da Polícia Federal, entraram na casa.

Um deles, que ficou à frente do outro, apresentou-se como delegado e cumprimentou o grupo.

— Sentimos muito o desconforto que lhes causamos — desculpou-se, sério. — Mas é que a situação era de extremo risco.

Extremo risco?! Afinal, sobre o que exatamente aquele homem estava falando? — perguntaram-se, com os olhos, as pessoas reunidas na casa.

Antes que alguém tivesse tempo de se manifestar, porém, o delegado começou a esclarecer tudo:

— Assim que o colega da "Operação Dedo" nos avisou da ocorrência nesta praia, envolvendo elementos estrangeiros, a

Polícia Federal assumiu o caso. Como os únicos detidos foram uma empregada da mansão e um pistoleiro, tratamos de interrogá-los. Verificamos que a moça era apenas uma inocente útil. Não tinha ficha policial, nada. Em compensação, o outro...

Relatou então que o matador de aluguel era um velho conhecido da polícia. E que, no interrogatório, acabara falando do traficante da favela e dos "serviços" que sempre prestava a ele.

— Ocorre, senhores — prosseguiu o delegado —, que há algum tempo a Polícia Federal tentava identificar esse traficante. Porque tínhamos informações de que ele estava para receber uma grande partida de droga, vinda de um outro país. Ele e seu sócio...

— Sócio?! — estranhou Joana. — Nunca vi nenhum sócio lá na fave... — de repente calou a boca, assustada, achando que tinha falado demais.

— Tudo bem, garota. O sócio não mora na favela. É um rapaz rico, dono de uma academia de ginástica. Na verdade, ele é que é o grande dono do tráfico naquela região de Florianópolis.

— Pombs, sério?! — surpreendeu-se Senghor.

— Sim, garoto, e é importante que vocês saibam disso — falou o delegado, mirando todo o grupo. — Esse quadro é muito comum no Brasil. Ao contrário do que se diz por aí, os traficantes dos morros e dos subúrbios não são os verdadeiros chefes da droga.

— *Taita!* — reagiu Pacha. — Então quem são?

— Na maioria das vezes, pessoas de quem vocês nem desconfiam. Muitas delas, gente de terno e gravata... — respondeu. E continuou: — Há algumas semanas, tínhamos tentado prender o sócio. Mas ele fugiu para o exterior. Agora está sendo procurado pela Interpol.

— Inter... o quê? — indagou Joana.

— Interpol, polícia internacional. Mas como ia lhes dizendo, no interrogatório o pistoleiro nos revelou aquilo que mais queríamos: a identidade do traficante da favela. Foi aí que tudo deu errado.

41. O cerco

TODOS OLHARAM O DELEGADO da Polícia Federal com interesse.

— Droga, como deu tudo errado? — indagou Marie. — O senhor podia ser mais claro?

— Ocorre que, quando terminamos o interrogatório — continuou ele —, pegamos o pistoleiro e imediatamente o levamos numa batida na favela. Então...

— Pô, tudo isso agora de manhã? — duvidou Joana.

O delegado fez um gesto de impaciência.

— Sim, agora de manhã. Então — repetiu —, como estava lhes relatando, entramos na favela. Foi aí, infelizmente, que as coisas falharam. Por isso é que telefonei para cá, ao colega, pedindo que nenhum de vocês deixasse a casa e...

— Será que o delegado aceitaria um cafezinho? — perguntou Edite, que saíra discretamente da sala e agora voltava com uma bandeja.

O homem tomou o café num único gole. E prosseguiu:

— Conseguimos aprisionar o chefe do tráfico num barraco.

Mas, quando o estávamos algemando, uma rajada de tiros veio de fora, atravessou a parede fina de madeira e matou o homem. Naquela confusão, o pistoleiro de aluguel, que estava com a gente, aproveitou para escapar.

— Ele está solto?! — berrou Edite, apavorada, quase derrubando a bandeja em cima do professor Ronei.

— Calma, senhora... — pediu o delegado.

— Como calma? A minha filha e eu...

O homem esperou que ela se aquietasse e prosseguiu, contando que, ao perder de vista o matador de aluguel, a Polícia Federal imediatamente cercara as duas pontes que ligam a ilha de Florianópolis ao continente.

E que um helicóptero começou uma varredura em toda a redondeza da favela.

— Imaginamos que, acuado e desesperado, o pistoleiro poderia tentar voltar aqui e fazer um dos senhores de refém — afirmou, olhando para o grupo reunido na sala. — Era uma possibilidade. Por isso é que recomendei que nenhum de vocês deixasse a casa. Mas aí...

O delegado ia continuar, mas foi interrompido pelo toque do celular.

— Esse animalzinho ser chato, né? — sussurrou o velho Abaeteí, apontando o celular. Deu uma piscada para os garotos, que caíram na risada.

Assim que o aparelho foi desligado, Senghor não deixou o delegado nem respirar:

— O senhor ia dizendo... mas aí...

— Aí, meu jovem, nós o agarramos! — anunciou, sem disfarçar o tom vaidoso. — Na verdade, ele não tinha ido muito longe... estava escondido no porão de um barraco vizinho. Junto com um outro elemento armado com uma metralhadora.

— O homem que tinha matado o traficante — deduziu Pacha.

— Exatamente — concordou o delegado.

Os três amigos, seus pais, o professor Ronei e o velho Abaeteí se miraram com alívio. O matador estava preso. O traficante, que ameaçara a vida da pequena Joana e de Edite, estava morto. Mister Rubbish também. O perigo passara.

Além disso, o pai de Senghor estava voltando e seu irmão arrumara o time certo. E mais: Joana ainda não perdera o ano letivo, e sua família, muito em breve, estaria reunida novamente.

Mesmo com tudo isso, os três amigos não estavam totalmente felizes.

Sem precisarem dizer uma palavra entre si, eles sabiam disso.

— Mãe... a gente queria ir lá no "Dedo" agora... — pediu Senghor.

— É... — concordou Pacha, mirando o casal peruano.

— Só um pouquinho... — reforçou Joana, olhando para Edite.

Os adultos consultaram, com os olhos, o delegado da Polícia Federal.

— Durante os próximos três dias, senhores, o local está fechado — negou ele. — Nossos peritos ainda estão trabalhando lá e...

— Mim ir com curumim! — disse subitamente o velho Abaeteí, levantando-se da poltrona. — Não deixar mexer nada.

— Irei também. Fique tranquilo, delegado, ninguém tocará em nada — prometeu o professor Ronei, olhando sério para o policial.

O homem hesitou. Mas, depois de um instante, suspirou. A contragosto fez um gesto com a cabeça, concordando. E ordenou ao agente a seu lado:

— Acompanhe-os.

42. A pedra mais poderosa

NUM PISCAR DE OLHOS, os jovens, o pajé e o professor já estavam escalando as rochas.

Ao chegarem no topo, sob a vista atenta do acompanhante e dos outros policiais que estavam ali, aproximaram-se devagar do local onde o Mister explodira a "dessalinizadora".

Ao vê-los, os peritos se afastaram, de cara amarrada.

Nenhum dos cinco conseguia dizer nada. Estavam emocionados e tristes. Muito tristes. Parados ali, permaneceram num silêncio respeitoso durante um espaço de tempo que nenhum deles saberia medir.

Até que se ouviu um soluço de lamento. Era Senghor que chorava.

— A pedra mágica do Senhor da Água... acabou... — disse ele, tentando disfarçar as lágrimas. — Pombs, será que ele não deixou outra por aí, em outro lugar? Será que não dava para o senhor ir na cascata outra vez e perguntar isso pra ele?

O Senhor da Água

— indagou o garoto, angustiado, voltando-se para o pajé, com o rosto todo molhado.

Então o velho Abaeteí, aproximando-se de Senghor e enxugando com seus dedos magros as lágrimas do garoto, disse que tinha algo muito importante a dizer.

E que, por ser tão importante, falaria na língua do seu povo, a língua guarani. E que o professor Ronei, que entendia o idioma, faria depois a tradução.

Solene, o ancião começou a falar. E Ronei ouviu-o atentamente.

Quando o pajé parou, o professor ficou mudo. Parecia estar ainda bebendo as palavras do querido amigo índio.

— O que que ele disse? Demorou... — cobrou Joana, com sua incontrolável curiosidade, puxando a barra da camisa do professor.

Saindo então finalmente da mudez, Ronei abriu um largo sorriso. E traduziu:

— Ele disse que o Senhor da Água tem outra pedra dessalinizadora e...

— Valeu! — interrompeu Senghor, gritando. — Eu sabia!

— Legal! — gritaram também Pacha e Joana. Uma sacudindo as tranças e a outra afastando a franjinha incômoda.

— Como eu ia dizendo... — retomou o professor — ele falou que pode ser que, daqui a cinquenta anos, ela apareça. Mas disse também que se vocês forem valentes e lutarem pela preservação da água, que se os seus filhos forem valentes, se os seus netos forem valentes, e também os seus bisnetos... daqui a cinquenta anos, irão descobrir uma maravilha muito maior.

— Maravilha maior?! — perguntaram os três ao mesmo tempo, confusos e excitados.

— Vão descobrir que não precisam mais de pedra nenhuma.

— Treta... — duvidou Joana.

— Verdade! — afirmou Ronei. — O nosso querido pajé disse que os homens ainda não sabem, mas que a "pedra mágica" mais poderosa, aquela que salvará a água de todo o planeta, são eles mesmos. A própria humanidade! Entenderam?

Os jovens arregalaram os olhos e ficaram mudos.

Subitamente, porém, Joana gritou:

— Pô, isso aí! Entendemos! Claro que entendemos!

No mesmo instante, ela, Senghor e Pacha — sob os olhares surpresos dos sisudos policiais que trabalhavam no local — agarraram Ronei e o velho índio Abaeteí pela cintura. E, em roda, começaram a pular todos juntos, numa grande algazarra.

— Valeu! Valeu! Valeu!

Saiba mais sobre
Rosana Bond

ROSANA BOND NASCEU NA CIDADE DE CURITIBA (PR), em 1954. Membro de uma família cheia de jornalistas, iniciou sua carreira ainda na adolescência, na redação de um jornal em Londrina (PR), onde teve a oportunidade de travar contato com profissionais. Daí em diante, foi repórter, colunista e editora em vários órgãos de imprensa do país.

Após ter viajado muito e estudado a América Latina, começou a escrever livros sobre a cultura latino-americana. A partir de 1992, passou a se dedicar mais à literatura, principalmente a infantojuvenil. Pela Editora Ática, publicou *Crescer é uma aventura*, *A magia da árvore luminosa* e *O senhor da água*, grandes sucessos da série Vaga-Lume.

Os tesouros de uma autora

Capa da edição original de 2006.

Do jornalismo à literatura

A paranaense Rosana Bond foi criada pelos avós maternos em sua cidade natal. Estudou Psicologia, mas antes de completar dezessete anos já trabalhava como repórter em Londrina, onde morava com o pai e a madrasta desde os treze. Como jornalista, morou em Brasília (DF) e em países da América Latina, viajou e fez cobertura de guerras em vários países e conviveu intensamente com povos indígenas brasileiros e latino-americanos. Até que, no início da década de 1990, radicou-se em Florianópolis (SC) e passou a viver isolada, em uma casa cercada pela mata. Lá tornou-se pesquisadora nas áreas de História e Geografia e decidiu trocar o jornalismo pelos livros — sobretudo os infantojuvenis —, tendo a ilha catarinense e seus arredores como cenário para muitas de suas obras (por exemplo, *O senhor da água*).

 Seu sobrenome famoso — quem não conhece o agente secreto 007? — lhe rendia muitas brincadeiras entre os colegas de profissão: Bond, Rosana Bond. E, para justificar de vez essa fama, a autora sempre teve predileção por escrever reportagens investigativas, graças à sua inclinação natural para a aventura e o perigo.

A realidade dentro da ficção

Em *O senhor da água*, Rosana mostra de novo "sua" ilha, a capital de Santa Catarina, porém com novidades. Revela as mudanças que o lugar sofreu nas últimas décadas e o apresenta como centro de uma história de ficção sobre um vibrante caso internacional — digno de um 007!

 Além disso, neste livro o personagem do velho pajé guarani aparece pela terceira vez numa obra da autora para a série Vaga-Lume. De acordo com ela, a figura do ancião indígena surgiu de uma brincadeira de antigos pescadores de sua praia. Ao saberem que ela estava construindo uma pequena casa para morar, em meio à mata, eles a alertaram, entre risos, para que tomasse cuidado, pois ali vivia o "fantasma de um índio".

 A travessura dos pescadores foi aceita com bom humor por Rosana, que acabou transformando o dito "fantasma" em um ídolo dos jovens leitores desde 1998, quando ele estreou em *A magia da árvore luminosa*. ●

Conheça outros títulos da série Vaga-Lume!

Edith Modesto
Manobra radical
SOS ararinha-azul

Francisco Marins
A aldeia sagrada

Homero Homem
Menino de asas

Ivan Jaf
O robô que virou gente
O Supertênis

Jair Vitória
Zezinho, o dono da porquinha preta

José Maviael Monteiro
Os barcos de papel

José Rezende Filho
Tonico

Lúcia Machado de Almeida
Aventuras de Xisto
O caso da borboleta Atíria
O escaravelho do diabo
Spharion

Luiz Puntel
Açúcar amargo
Meninos sem pátria

Marçal Aquino
A turma da rua Quinze

Marcelo Duarte
Deu a louca no tempo
Tem lagartixa no computador

Maria José Dupré
A Ilha Perdida

Origenes Lessa
O feijão e o sonho

Raul Drewnick
Correndo contra o destino
Vencer ou vencer

Rosana Bond
Crescer é uma aventura
A magia da árvore
   luminosa
O Senhor da Água

Sérsi Bardari
A maldição do tesouro
   do faraó

Silvia Cintra Franco
Aventura no império
   do sol
Confusões & calafrios

Sylvio Pereira
A primeira reportagem

Este livro foi composto nas fontes Rooney e Skola Sans
e impresso sobre papel pólen bold 90 g/m².